헤르만 헤세 산문집

정원 가꾸기의 즐거움

헤르만 헤세 산문집

정원 가꾸기의 즐거움

헤르만 헤세 지음 | 배명자 옮김

반니

차 례

눈이 뻑뻑하고 머리가 아프기 시작하면

꽃과 나무가 있는 정원으로 간다

글쓰기에서 도망칠 수 있는 나의 안식처로

노동을 가장한 휴식

상상의 실타래가 한없이 풀리는 명상

영혼이 자란다

즐거움이 자란다

나의 정원

지금까지 내 정원을 가져본 적이 없다. 시골에서 나고 자란 탓에, 땅을 직접 일구고 식물을 심고 가꿔야 한다는 원칙을 저절로 갖게 되었고, 그래서 몇 년 동안 실제로 그렇게 했다. 장작과 정원 손질 도구를 보관할 헛간도 짓고, 농부 아들의 조언을 받아가며 화단을 정비하고 길도 냈다.

나무도 여럿 심었다. 밤나무 몇 그루, 보리수 한 그루, 꽃개오동 한 그루, 울타리 구실을 할 너도밤나무, 산딸기 한 무더기, 그리고 멋진 과일나무들. 과일나무 묘목들은 겨울에 산토끼와 사슴들이 뜯어먹고 짓밟아 엉망이 되었지만, 다른 나무와 작물들은 모두 멋지게 잘 자랐다. 그래서 우리는 딸기와 산딸기, 콜리플라워와 완두콩, 양상추 등을 풍성하게 수확했다.

꽃밭 가장자리에는 달리아꽃을 심었다. 해바라기 수백 그루가 양옆에 늘어선 일종의 가로수길도 만들었는데, 해바라기가 보기 좋게 잘 자랐다. 그리고 그 아래에는 니겔라꽃 수천 송이가 울긋불긋 피었다.

가이엔호펜에서 살 때와 베른에 살 때, 적어도 10년간 혼자 힘으로 채소나 꽃을 심고, 거름과 물을 주었으며, 길에 난 잡초를 뽑고, 그 많은 장작을 모두 직접 팼다. 멋진 일이었고 배울 점도 많았지만, 결국에는 억지로 해야 하는 고된 노역이 되고 말았다. 정원을 가꾸는 일은 놀이 삼아 하면 즐겁지만, 생활과 의무가 되면 즐거움이 사라져 버린다.

우리의 영혼은 환경의 심상을 다듬고 왜곡하고 수정한다. 우리의 추억은 내면으로부터 강한 영향을 받는다. 가이엔호펜의 두 번째 집에 대한 나의 기억이 창피할 정도로 그것을 명확히 보여준다. 그 집 정원을 아직도 또렷하게 기억한다. 그리고 내 공부방과 넓은 발코니도 세세한 부분까지 떠올릴 수 있다. 심지어 어떤 책이 어디에 있었는지도 말할 수 있지만 나머지 공간에 대한 기억은, 그 집을 떠난 지 20년이 된 지금 기이하게도 흐릿해졌다.

정원 가꾸기의 즐거움

정원을 가꾸는 사람에게 이맘때는 다가올 봄에 해야 할 많은 일에 대해 생각해야 할 시기다. 생각에 잠겨 빈 꽃밭 사이의 좁은 길을 걷다 보면, 북쪽 끄트머리에는 살짝 노르스름한 눈더미가 아직도 쌓여 있고, 봄이 올 기미가 전혀 없다. 그러나 들판과 냇가, 그리고 따사로운 햇살이 쏟아지는 경사진 포도밭에서는 갖가지 초록 생명이 꿈틀거린다. 초원에서는 제일 먼저 생명력 강한 노란 들꽃이 발랄하면서도 수줍게 피어나, 천진한 아이처럼 세상을 빼꼼 내다본다. 지금은 조용하지만 앞으로 많은 일이 벌어질 세상을. 하지만 정원에는 아직 눈풀꽃 말고는 모두 죽어 있다. 이곳에서는 봄이 왔다고 저절로 나타나는 게 거의 없다. 그래서 벌거벗은 화단은 흙을 고르고 씨를 뿌려줄 사람의 손길을 묵묵히 기다리고 있다.

산책을 좋아하는 사람, 일요일이면 자연을 찾는 사람에게 이제 다시 좋은 시절이 왔다. 그들은 이리저리 돌아다니며 새 생명이 움트는 기적을 만끽할 수 있다. 초봄의 푸른 초원을 알록달록 예쁘게 수놓은 꽃들을 보고, 송진을 뚫고 막 고개를 내민 나무 꽃망울들을 반가워한다. 은빛 버들가지를 꺾어다 방에 꽂아두고, 당연한 듯 제때에 싹을 틔우고 꽃을 피우는 경이로움을 기분 좋게 감탄하며 바라볼 수 있다. 생각은 많아도 걱정 따위는 하나도 없다. 지금 눈앞에 있는 것만 바라볼 뿐, 밤에 내릴 서리나 풍뎅이 애벌레, 쥐 또는 다른 피해를 두려워할 필요가 없기 때문이다.

그런데 정원을 가꾸는 사람들에게는 이 시기가 마냥 한가롭지만은 않다. 그들은 여기저기 살피다가 지난겨울에 벌써 처리했어야 할 많은 일을 지금껏 미루고 있었음을 문득 깨닫는다. 올해는 어떻게 될까 생각하며, 지난해에 제대로 가꾸지 못했던 꽃밭과 나무들을 근심 어린 눈으로 살핀다. 저장해둔 씨앗과 구근을 살피고, 정원 도구들을 점검한다. 삽자루는 부러져 있고 가지치기용 가위는 녹슬었다. 물론 모든 사람이 다 그런 건 아니다. 정원사가 직업인 사람들은 겨우내 정원을 신경 쓰며 봄을 준비한다. 또한 정원을 사랑하는 부지런한 사람이나 현명한 주부는 미리 모든 준비를 다 해놓는다. 그런 사람들이라면 도구가 부족하지도 않고, 칼이 녹슬지도 않고, 씨앗 포대가 축축하게 젖어 있지도 않으며, 지하실에 저장해놓은 구근이나 양파가 허술하게 관리되어 썩는 일도 없다. 또한 새해에는 정원을 어떻게 가꿀지 계획도 이미 철저하게 세워놓았고, 필요한 거름도 미리 주문해두었다. 모든 것들이 모범적으로 잘 준비되었다. 찬사와 경탄을 받아 마땅하다. 그들의 정원은 올해에도 열두 달 내내 우리 정원이 부끄러울 정도로 찬란하게 빛날 것이다.

하지만 우리 정원에는 풀 한 포기 자라나지 않았다. 우리 같은 게으름뱅이, 아마추어, 몽상가, 잠꾸러기 정원사들은 봄이 온 것에 화들짝 놀라 이웃집 정원을 보며 감탄한다. 우리가 아무것도 모른 채 그저 달콤한 겨울잠에 빠져 있는 동안, 부지런한 이웃들이 벌써 해놓은 모든 일을 보고 당혹스러워한다. 우리는 부끄러워하며 벌떡 일어나 바삐 서두른다. 게으르게 놓아두었던 일들을 뒤늦게 만회하려고 가위를 숫돌에 갈고 서둘러 씨앗을 파는 상인에게 주문 편지를 쓴다. 그러다 보면 제대로 한 일도 없이 반나절이, 그리고 하루가 훌쩍 지나간다.

어쨌거나 마침내 우리도 준비를 마치고 일을 시작한다. 늘 그렇듯이 처음 며칠 동안은 좋은 예감에 들떠서 즐겁게 일하지만, 또한 힘들다. 새해 들어 처음으로 이마에 땀이 맺히고, 부드럽고 무거운 흙 속으로 장화가 빠지고, 삽질로 손에 물집이 잡혀 아프기 시작하면, 따사롭고 감미롭던 3월의 햇살이 벌써 살짝 덥게 느껴진다. 몇 시간을 힘들게 일한 뒤 아픈 등을 짊어지고 피로에 젖어 집으로 돌아오면, 놀랍게도 난로의 온기가 낯설고 우스꽝스럽게 느껴진다.

저녁에는 등불 밑에 앉아 원예 책자를 읽는다. 책에는 매혹적인 내용이 많이 들어 있지만, 또한 힘들고 재미없는 작업 설명도 꽤 많다. 어쨌든 자연은 자비롭다. 그래서 게으른 사람의 정원에도 결국 시금치, 상추, 몇 가지 과일 그리고 눈에 가득 들어오는 화려한 여름 꽃들이 무성하게 자랄 것이다.

힘들게 땅을 일구다 보면 여기저기서 풍뎅이 애벌레, 딱정벌레, 거미줄 따위가 나타난다. 우리는 얼굴을 찡그리면서도 기분 좋게 그것들을 치운다. 근처에서 지빠귀와 박새들이 지저귄다. 덤불과 나무들은 용케 겨울을 견뎌냈다. 두툼한 갈색 꽃봉오리들은 희망에 찬 미소를 짓고, 어린 장미 가지들은 바람에 가벼이 몸을 흔들고 찬란하게 피어날 꽃을 꿈꾸며 고개를 끄덕인다. 시간이 흐를수록 이 모든 것들이 점점 더 친숙해진다.

우리는 곳곳에서 여름이 다가오는 것을 확인하고 고개를 저으며 신기해한다. 그 길고 음울한 겨울을 우리가 어떻게 견딜 수 있었을까? 길고 어두운 다섯 달을 우리는 정원 없이, 향기 없이, 꽃 없이, 초록 잎사귀 없이 지냈다. 이 얼마나 가련한 일인가.

그러나 이제 그 모든 것이 다시 시작된다. 비록 아직은 정원이 황량해 보이지만, 거기서 일하는 사람은 씨앗 속에 들어 있는 모든 것들을 상상 속에서 이미 본다. 채소밭이 살아난다. 연두색 상추가 자랄 테고, 이쪽에는 명랑한 강낭콩이, 저쪽에는 활기 찬 딸기가 자랄 것이다.

우리는 파헤쳐진 땅을 평평하게 고르고, 매달아놓은 줄을 따라 씨앗을 심을 선을 반듯하고 예쁘게 그어둔다. 꽃밭은 색깔과 모양을 미리 정해 구획을 나눈다. 이쪽에는 푸른색, 저쪽에는 흰색, 그 중간에 화려한 붉은색, 이쪽은 물망초, 저쪽은 목서초. 니겔라꽃도 아끼지 않고 심어야지. 여름에 포도주를 곁들여 새참 먹을 생각을 하면서 무를 심을 만한 자리를 점찍어둔다.

일이 진척될수록 날뛰던 처음의 기쁨과 흥분이 차분히 가라앉는다. 이 조그맣고 소박한 정원은 놀랍게도 전혀 다른 생각과 감정으로 우리를 사로잡는다. 정원을 가꾸면서 창조의 기쁨과 우월감을 느낀다. 한 뼘 땅을 자기 생각과 의지대로 가꾸고, 다가올 여름을 기대하며 자신이 좋아하는 과일과 색과 향기를 창조해낼 수 있다. 작은 화단, 헐벗은 한 뼘 땅을 갖가지 색채가 넘쳐흐르게 바꾸어놓고, 눈이 위로받는 천국의 정원을 만든다. 그렇지만 그것만으로는 부족하다. 인간은 어차피 자연이 주는 모든 기쁨과 모든 환상을 맛보고 싶어한다. 그래서 그것을 만들어내고 가꿀 수밖에 없는 것이다.

그러나 자연은 가혹하다. 자연은 얼마 동안 인간들이 마음대로 빼앗아가도록 내버려두고, 속아주는 척하기도 하지만, 나중에 더욱 가혹하게 자신의 권리를 요구한다.

재미 삼아 정원을 가꾸는 사람은 몇 달 안 되는 따뜻한 기간에 많은 것을 관찰할 수 있다. 정원을 가꿀 의지와 소질이 있다면, 온통 즐거운 일만 보게 된다. 작물을 키우고 열매를 생산하는 땅의 괴력. 색깔과 모양에서 드러나는 자연의 재치와 상상력. 인간의 삶을 연상시키는 작고 소소한 식물들의 세상.

흙에서 자라나는 것 중에는 좋은 것도 있고 나쁜 것도 있다. 별다른 양분 없이 잘 자라는 작물도 있고 양분을 마구 낭비하는 작물도 있으며, 우쭐대며 자기만족에 도취한 식물이 있는가 하면, 다른 식물에 기생하는 것도 있다. 어떤 식물은 그 종류나 삶이 고루하고 평범하고, 어떤 식물은 삶을 만끽하는 신사처럼 당당하다. 좋은 이웃도 있고 나쁜 이웃도 있으며, 다정한 식물이 있는가 하면 서로 배척하는 식물도 있다. 아무런 제약 없이 거칠게 마구 피어나 마음껏 생명을 누리다 죽는 식물이 있는가 하면, 굶주려 빈약한 몸으로 힘겹게 버티는 가련한 식물도 있다. 어떤 식물은 열매를 맺고 증식하면서 믿어지지 않을 정도로 풍성하게 성장해가고, 어떤 식물은 공을 많이 들여야 겨우 종자를 얻을 수 있다.

정원을 방문했다가 금세 돌아가는 여름이 늘 놀랍고 신기하다. 겨우 몇 달밖에 안 되는 짧은 여름 동안 화단에서는 여러 식물이 자라고, 자신을 과시하고, 살고, 시들어가고, 죽는다. 화단에 어린 채소들을 심고 물을 주고 비료를 주자마자 쑥쑥 자라고 가지를 뻗으며 번성한다. 두세 달이 채 안 되는 동안 어린 식물들이 벌써 늙고, 해야 할 바를 다 하여 뿌리가 뽑히고, 다음의 새 생명을 위해 자리를 내주어야 한다. 정원사는 눈코 뜰 새 없이 바쁘고, 여름은 정원사만큼이나 급히 서둘러 가버린다.

정원에서는 모든 생명의 짧은 순환을 다른 어디에서보다도 더 가까이에서, 더 명확하게, 더 선명하게 볼 수 있다. 이제 막 정원에 해가 뜨기 시작했는데, 벌써 쓰레기와 죽은 식물이 널려 있다. 잘려나간 어린 싹, 끝이 잘린 줄기, 질식했거나 다른 이유로 죽어버린 식물들. 날이 갈수록 그 양은 점점 많아질 것이다. 그것들은 모두 음식물 쓰레기, 사과 껍질, 레몬 껍질, 달걀 껍데기 등 온갖 쓰레기와 더불어 두엄더미 위에 쌓여간다. 그것들이 시들고 썩고 분해되는 것은 결코 하찮은 일이 아니다. 어느 것 하나 그냥 버려지는 건 없다. 정원사가 세심하게 보관한 그런 추한 쓰레기 더미는 햇빛과 비, 안개, 공기, 추위에 산산이 부서진다.

다시 한 해가 지나고 여름이 화려하게 정원에 돌아오면, 시체였던 모든 것들은 어느새 썩어서 다시 땅속으로 들어가 그 땅을 기름지고 검고 비옥하게 만든다. 그리고 얼마 안 가서 우중충한 쓰레기더미와 식물의 시체에서 다시 새싹이 난다. 썩어 분해되었던 것들이 힘차게 다시 색채를 띤 아름다운 모습으로 돌아온다. 아주 단순하면서도 확실한 자연의 순환을 보며 인간은 진지한 생각에 잠긴다. 모든 종교는 그런 순환에 의미를 부여하고 숭배한다. 모든 작은 정원에서 그런 순환이 조용하고 분명하게 빨리 진행된다. 여름은 지난해의 죽음에서 양분을 얻어 소생한다. 흙에서 식물로 자라난 것과 똑같이 모든 식물은 다시 조용하고 확실하게 흙으로 돌아갈 것이다.

작은 정원에서 즐거운 봄을 고대하며 콩과 양상추, 목서초, 다닥냉이 씨앗을 뿌린다. 그리고 앞서 죽은 식물들의 잔해를 거름으로 주면서, 죽어간 것들을 돌이켜 생각하고 앞으로 피어날 식물들에 대해서도 미리 생각해본다. 다른 모든 이들처럼 나도 이 질서정연한 자연의 순환을 당연한 일이자 근본적으로 비밀스럽고 아름다운 일로 받아들인다. 그리고 씨앗을 뿌리고 수확을 할 때, 땅 위의 모든 피조물 가운데 유독 인간만이 이런 순환에서 빠져 있고, 무한한 순환에 만족하지 못하고 자기만의 개인적인 특별한 무언가를 가지려 하는 것이 참으로 기이하지 않은가, 생각하곤 한다.

자연의 복원

요즘엔 오전에는 우편물만 확인하고 곧바로 정원으로 나간다. 말이 정원이지, 사실은 포도나무 몇 그루가 있는 매우 가파르고 황무지로 변해가는 풀밭이다. 포도나무는 나이든 일용직 일꾼이 잘 관리하지만, 그외 나머지는 다시 숲으로 변해가는 기색이 또렷하다. 2년 전만 해도 푸르른 목초지였는데, 지금은 풀이 듬성듬성 뽑혔다. 무성하게 자라던 아네모네 대신 둥굴레, 우산나물, 블루베리, 여기저기에 블랙베리와 칼루나 관목들이 자라고, 그 사이사이에 온통 솜털 같은 이끼가 깔렸다.

목초지를 살리려면 이 이끼와 주변 야생식물을 양들이 뜯어먹게 하고, 땅도 양들이 밟아 단단해지도록 해야 한다. 하지만 우리는 양을 키우지 않을뿐더러 목초지가 회복되더라도 거기에 쓸 거름도 없으니, 블랙베리와 그 비슷한 야생식물의 질긴 뿌리가 해마다 땅속으로 깊이 파고들어 목초지가 결국 다시 숲으로 변하고 있다.

이런 자연의 복원을 보며 그날의 기분에 따라 속상하기도 하고 흡족하기도 하다. 때때로 죽어가는 목초지로 가서 갈퀴와 손가락으로 무성하게 자라는 야생식물을 걷어내고, 정복당한 풀밭 사이사이의 이끼 양탄자를 무자비하게 긁어내고, 블루베리를 뿌리째 뽑아버린다. 하지만 그간의 정원사 놀이가 실용성 하나 없는 은둔자 놀이가 된 것처럼, 이런 나의 행위도 유용할 것 같진 않다. 말하자면 나의 정원 가꾸기는 개인적인 건강 관리와 절약 생활로서 오직 나 혼자에게만 실용적인 의미가 있는 것이다.

눈이 아프고 머리가 무거워지면 단순 반복 작업으로의 전환이 필요하다. 이것을 위해 오랜 세월에 걸쳐 내가 발명한 정원 가꾸기와 가짜 노동은 몸을 움직이게 하고 기분을 전환시켜줄 뿐 아니라, 명상을 하고 공상의 나래를 마음껏 펼치고, 마음 상태에 집중하게 한다. 그래서 가끔 목초지가 숲으로 되돌아가려는 것을 조금이나마 막아보려 애쓴다.

또 어떨 땐, 20여 년 전에 목초지의 남쪽 가장자리에 쌓은 토담 앞에 잠시 멈춰선다. 이 토담은 인근 숲이 목초지를 정복하지 못하도록 방어용 해자를 팔 때 나온 흙과 수많은 돌을 쌓아올린 것인데, 그곳에는 한때 산딸기가 자랐다. 하지만 지금은 이끼와 잡초, 양치식물, 블루베리로 덮여 있고, 서서히 다시 밀어닥치고 있는 숲을 방어하는 경계병으로 우람한 보리수나무 한 그루가 그곳을 지키고 있다.

이 특별한 오전 시간 내내, 이끼와 덤불을 미워하지 않고, 숲으로 변해가는 목초지를 속상해하지 않으며, 오히려 감탄과 기쁨 속에 야생식물의 번성을 바라보았다. 목초지 곳곳에 수선화가 보였다. 잎은 두툼해지고 윤기가 흐르지만, 꽃은 아직 완전히 피지 않아 봉오리가 닫혀 있었다. 봉오리는 아직은 하얀색이 아니라 프리지어처럼 옅은 노란빛이었다.

천천히 정원을 거닐며 아침햇살을 받아 투명해진 적갈색 어린 장미 잎사귀와 또다시 옮겨 심어 아직 잎이 돋지 않은 횅한 달리아 줄기를 살폈다. 그 사이에서 산나리의 통통한 줄기가 억제할 수 없는 강력한 생명력으로 뻗어 나오려 하고 있었다. 저 멀리 아래쪽 경사면에서 충직하게 포도를 돌보는 농부 로렌초의 딸랑대는 물뿌리개 소리가 들렸다. 그에게 가서 정원 가꾸는 방법에 대해 이것저것

물어봐야겠다. 도구 몇 가지를 챙겨 들고, 경사면을 한 칸 한 칸 굼뜨게 내려가며, 서너 해 전에 경사면에 수백 송이씩 가득 심었던 무스카리가 피어 있는 걸 보았다. 그리고 올해는 어디에 백일홍을 심을까 고민했다. 노란 계란꽃에 기뻐했지만, 동백꽃잎이 떨어져 빨갛게 뒤덮은 두엄더미 주변에 나뭇가지를 엮어 만든 울타리 몇 군데가 망가지고 구멍이 난 걸 보니 안타까웠다.

평탄한 채소밭까지 내려가서 로렌초에게 인사하고, 그와 그의 아내의 안부를 묻고, 날씨에 관해 잠깐 이야기를 나눴다. 아무래도 비가 조금 내릴 모양인데 잘된 일이라고 말하자, 내 또래인 로렌초는 삽에 몸을 기댄 채 흘러가는 구름을 슬쩍 곁눈으로 보고는 백발인 머리를 흔들었다.

"오늘은 비가 오지 않을 거예요. 느닷없이 쏟아질 때도 있으니, 확실한 건 아니지만……."

그래도 그는 다시 한번 하늘을 슬쩍 노련하게 올려다보더니 더 세게 고개를 젓고는 비에 관한 대화를 끝냈다.

"비는 안 와요, 세뇨르."

그래서 이번에는 채소 이야기를 꺼냈다. 갓 심은 양파 이야기를 하며 모든 걸 칭찬하고, 원래 내 관심사로 화제를 돌렸다.

"저 위에 있는 두엄더미 울타리가 오래 버티지 못할 것 같아 손을 좀 봐야 할 것 같아요. 물론 다른 일들도 많아 바쁘니 당장은 힘들 테지만, 가을이나 초겨울쯤 괜찮지 않을까요?"

그는 승낙했다. 우리는 이 일에 착수할 때 녹색 밤나무 가지로 엮은 울타리만 손보지 말고 말뚝도 새로 세우자고 합의했다. 말뚝은 아직 1년 가까이 버틸 테지만, 다시 세워도 좋겠다고 그가 말했고, 나도 동의했다. 그리고 두엄더미 이야기가 나온 김에, 가을에 좋은 흙을 전부 채소밭에만 쏟아붓지 말고 조금만, 적어도 손수레 몇 대 정도만이라도 내 화단을 위해 남겨주면 고맙겠다고 말했다. 그는 알겠다고 했고, 올해는 딸기를 더 많이 심고 울타리 옆 제일 아래쪽에 있는, 벌써 몇 년째 그대로 놔둔 딸기밭도 정리하는 걸 잊지 않겠다고 했다.

이런 식으로 한번은 내가, 또 한번은 그가 여름에, 9월에, 가을에 해야 할 이런저런 유익한 일들을 생각해냈다. 대화를 마친 다음 나는 산책을 계속하고, 로렌초는 다시 자기 일로 돌아갔다. 우리 둘 다 대화 내용에 만족했다.

우리 두 사람 모두 잘 알고 있는 일을 어설프게 상대방에게 일깨우려는 시도는 하지 않았다. 그것은 대화를 방해하고 오해만 일으킨다. 우리는 그저 선의로 또는 거의 호의를 갖고 대화했다. 그러나 로렌초도 나도 좋은 의도와 계획이 담긴 이 대화가 우리 둘의 기억에 남지 않으리라는 것을 잘 알고 있었다. 우리는 기껏해야 2주일 정도 기억할 테고, 두엄더미 울타리를 손보고 딸기밭을 늘리기로 한 약속을 까맣게 잊어버릴 것이다.

비가 내릴 것 같지 않은 하늘 아래서 나눈 우리의 아침 대화는 그저 대화 자체를 위한 것으로, 하나의 놀이이자 오락이며 결과를 문제 삼지 않는 순수한 미적 행위였다. 로렌초의 선량한 늙은 얼굴을 보며, 대화 내용을 진지하게 받아들이지는 않지만 적절한 정중함으로 방어벽을 치는 그의 외교술의 대상이 되는 것이 즐거웠다.

게다가 우리는 또래여서 형제 같은 느낌도 들었다. 우리 중 누군가가 특히 심하게 다리를 절거나 손이 부어 힘겹게 일하고 있으면, 굳이 그것에 대해 말하지 않아도 다른 한쪽이 이미 그것을 알아차리고 가벼운 우월감을 느끼며 빙긋 웃었다. 그 미소는 연대감과 동정심에서 나온 만족감 같은 것이다. 그럴 때면 자신이 현재 더 건강하다고 느끼며 즐거워하면서도, 한편으로는 언젠가는 상대방이 자기 곁을 떠날 날이 올 것을 생각하고 미리 애석해한다.

로렌초와 이야기를 나눌 때마다 나탈리나가 생각났다. 그녀는 이미 땅속에 묻힌 지 10년이 넘었다. 그녀가 세상을 떠난 뒤 언젠가 처음으로 나의 정원과 정원사 놀이가, 오랜 세월 내게 친숙해진 이 일들이 어쩐지 공허하고 쓸데없는 짓이라는 쓰디쓴 기분이 들었다.

정원 일에 관해서 나탈리나와 로렌초는 한 번도 의견이 맞거나 서로 다정하게 대한 적이 없었다. 비판적인 경쟁자처럼 서로에게 눈을 흘기고, 불신하고 조롱하는 시선으로 상대방을 노려보곤 했다. 농부인 로렌초는 열심히, 온 힘을 다해 일하는 일꾼으로, 땅을 파고 물이나 돌을 나르고, 말뚝을 뾰족하게 깎아 땅에 박고, 나무를 베었다. 그러나 몸집이 작고 섬세하고 솜씨 좋은 나탈리나는 음식 솜씨만큼이나 식물을 키우는 재주가 남달라, 완전히 죽어 버려진 나뭇가지나 나무등치도 그녀의 부드러운 손끝에서 다시 싹을 틔웠다. 그녀의 섬세한 감각에서 탄생한 원예 기념물들이 지금까지도 여기저기에 남아 있다. 수십 겹으로 피는 구식 장미, 거대한 수국, 크리스마스로즈, 새하얀 아름다운 백합…….

그녀를 잊을 수가 없다. 그녀와 함께했던 몇 년은 최고였다. 그녀는 우리를 지켜주고 아름답게 꾸며주었다. 은둔자로 지낸 몇 년 동안 나를 찾아와준 손님이었고, 결혼해서 집을 지은 뒤에는 우리 집의 충실한 가정부이자 동료였다.

아, 그녀는 또 자신을 표현하는 법을 잘 알고 있었다! 그녀가 고른 적절한 어휘들, 그것들을 멋지고 쨍쨍하게 조합해서 입 밖에 내는 그녀의 문장을 들으면 만초니〔이탈리아의 시인이자 소설가 알레산드로 만초니(Alessandro Manzoni, 1785-1873)〕나 포가차로〔이탈리아 시인이자 소설가 안토니오 포가차로(Antonio Fogazzaro, 1842-1911)〕도 고개를 들지 못할 것이다.

그녀가 남긴 몇몇 표현은 요즘에도 고전처럼 종종 인용되곤 한다. 붉은빛이 도는 황금색 고양이에 대한 이야기도 그런 경우에 속한다. 이 고양이는 집짓기가 끝난 뒤 쥐를 잡게 하려고 그녀가 며칠간 우리에게 빌려주었는데, 금세 우리 집에서 뛰쳐나갔다. 나탈리나가 말하기를, 호화로운 가구가 들어찬 방들을 보고 고양이가 깜짝 놀라 도망갔다는 것이었다. "마 뤼, 스파벤타토 디 탄토 루소, 스캄파바!"라고 나탈리나가 외쳤는데, "세상에, 너무 호화로워서 고양이가 놀라 도망친 거예요!"라는 뜻이다.

늙은 원시인

       크로커스는 이미 옛날 일이 되었고, 은방울꽃은 사라졌으며, 걱정하면서도 고대했던 늦봄에 늙은 목련만 홀로 피었다. 은빛이 은은하게 감도는 둥글넓적한 커다란 나뭇잎 사이로 지빠귀의 노래가 새어나오고, 살포시 내다보는 새하얀 꽃송이는 병든 아이의 창백한 얼굴처럼 낯설다. 자그마한 타원형 풀밭에 우뚝 선 목련이 장엄하게 꽃을 피웠고, 그 너머 상냥한 햇살 아래에 둥근 처마를 가진 작은 집이 있다.

  푸릇푸릇 희끗희끗 풍화된 석고상이며 촉촉한 파란 지붕의 둥근 박공과 좁은 벽돌벽 그리고 넓은 발코니를, 커다란 등나무의 열정적 줄기가 수천 번씩 조용히 휘감고 휘감아 포옹한다. 그러나 모든 것이 나무 꼭대기 푸르른 수관 안으로 깊이 파묻혔다. 거대한 회색 가지를 넓게 뻗어

지붕 전체를 덮어버린 느릅나무가 호위대처럼 높이 솟았고, 그 양옆에는 엄숙하고 의젓한 피라미드 모양의 소나무가 마치 긴 머리처럼 나뭇가지를 늘어뜨렸다. 작년에 달렸던 솔방울이 송진 냄새를 날리고, 얽히고설킨 그늘에서는 작은 나무발바리와 동고비들이 회색 그림자처럼, 보석처럼 반짝이며 아름드리 붉은 소나무 둥치 주변을 분주히 달린다.

느릅나무와 소나무, 빽빽한 라일락 무리 사이에 자리 잡은 풀밭에는 목련, 노간주나무, 장미 덩굴이 세상의 먼지와 바람을 피해 자신의 녹색 유골함 속으로 가라앉는다. 풀밭은 남쪽으로만 열렸다. 풀밭 남쪽에 놓인 정원은 해가 지는 방향으로 차츰 기울어 작은 테라스로 이어진다. 정원 뒤편에는 녹색 파도가 일렁이는 드넓은 초원이 펼쳐지고 거기에는 수관이 넓은 참나무 한 그루가 제멋대로 굽은 긴 몸통을 세워 이웃집 땅과 경계를 긋는다.

이 녹색 초원은 보이지 않는 계곡까지 뻗었고, 그 계곡 너머로 숲으로 덮인 녹색 산맥이 길게 겹겹이 이어졌다. 그리고 그 뒤로 벌써 파란 기운이 감도는 녹색 산들이 새롭게 이어지고, 그 뒤로 다시 벌거벗은 암벽이 빛나는 완전히 파란 가파른 산맥이 있다. 그리고 이 세 번째 파란 산맥 너머에 비로소 한없이 멀고 높은 변화무쌍한 구름 떼 안에서 만년설이 환상의 색채를 자랑한다. 이리저리 정복되고 변형된 현실 속에서 홀로 신성해 보이는, 기억을 잃은 창백한 유령의 세계. 그러나 가까이에 있는 그 어떤 것보다 진실하고 변치 않는다.

늙은 사내는 장미 덩굴로 갔다. 덩굴을 묶어줘야 할 때가 된 것이다. 긴 금발 곱슬머리에 얼굴이 허여멀건 사내는 녹색 앞치마 끈을 허리에 질끈 매고 가위를 손에 들었다. 그는 서툰 손놀림으로 가시 돋은 갈색 가지들을 헤치며 죽은 꼭지들을 골라 신중하게 잘라내어 얕은 바구니에 모았다. 크게 자란 관목들의 화려한 꽃 무더기, 라일락, 개암나무 사이로 따스한 저녁 햇살이 비스듬하고 깊숙히 스며들었다.

늙은 사내는 잠깐 일하던 손을 멈추고 바구니와 가위를 옆에 내려놓은 뒤, 작은 초원 위에 일렁이는 붉은 노을 속에서 조용히 목련의 속삭임에 귀를 기울이며 자기만의 소박한 저녁 잔치를 즐겼다. 목련은 창백하게 새하얀 꽃송이를 여전히 활짝 열고 크게 숨을 쉰다. 충만한 저녁 빛이 맨 꼭대기 가지에서부터 아래로 내려오고, 금세 새하얀 꽃송이에서 저녁의 붉은 노을빛이 엷게 피어난다. 창백한 흰색이 신비한 빛을 은은하게 낸다. 마법에 걸린 나무 위로 마법의 베일이 몇 분 동안 하늘하늘 차분하게 걸려 있다. 창백한 나무는 맑은 영혼으로 조용히 부드러운 꽃받침 밖을 내다보며 조심스럽게 작은 축제를 열었다.

나무의 아버지는 침착한 눈으로 사냥꾼이 수색하듯 눈앞에 펼쳐진 기적을 보았다. 고운 꽃송이들이 건네는 저녁 인사가 그의 심장 안에서 메아리쳤다. 늙은 사내는 기적에 동참하려는 듯, 코로 밀려오는 계절의 냄새를 깊이 들이마셨고, 꽃들의 분주한 준비와 조바심 내는 새싹의 달콤한 설렘을 감지했다.

늙은 원시인은 세상이 더 작아졌다고 생각하며 옅은 미소를 지었다. 그는 평생 수많은 활동을 했고 관계를 맺었고 높은 자리에 있었고 세계를 여행했다. 그러는 동안 그리움이 계속 쌓였다. 괴테의 시처럼 "모든 햇살과 모든 나무, 모든 바다와 모든 꿈이 그의 심장에 모였다." 이제 그는 정원 한구석에 갇혀 있다. 그가 관리하고 설계하고 만들고 다듬고 거닐고 생활했던 곳. 익숙한 나무와 풀, 관목과 꽃밭이 있는 곳. 세상은 작아졌지만 충만함은 작아지지 않았고, 장미 덩굴은 넓은 세계와 바다보다 덜 지쳐 보인다. 모든 소유는 구속이었고, 모든 이해는 포기였으며, 모든 포기는 미소와 생각 안에서 미화되었다.

늙은 원시인은 풀밭을 천천히 걷는다. 빽빽하게 둘러선 관목들 사이의 자갈길을 지나 돌계단을 내려가 정원 아래에 다다른다. 관목으로 들어찬 좁은 도피처가 이제 하늘과 끝없이 펼쳐진 들판으로 열리고, 정원, 나무, 울타리, 초원, 푸른 산등성이, 푸른 산맥 너머로 멀리 알프스가 장대하게 서 있는 저 끝의 허공 세계로 시선이 향한다. 목련의 가련한 꽃 자매들을 물들였던 붉은 빛이 멀리 구름 걸린 산과 만년설로 덮인 산 위로 쏟아지며 똑같은 마법을 부린다. 초원과 숲 너머의 산맥들 그리고 땅보다는 오히려 아지랑이 위에 떠 있는 듯 구름 사이에 형제처럼 나란히 서서 빛나는 산봉우리, 그 아래에 풀과 보석으로 지은 동화 속 집들이 이글거리는 불빛에 휩싸여 신비한 마법처럼, 다이아몬드처럼 빛난다.

자주 들던 생각들이 다시 늙은 사내를 찾아왔다. 정신을 빼앗는 이 불안한 생각들을 사내는 일단 멀리, 낯선 어딘가로 서둘러 떠나보낸다. 그는 거의 평생을 이런 아름다운 산 근처에서 보냈고, 그래서 산의 아름다움과 신비로움은 그에게는 어렸을 때부터 고향처럼 느껴졌다. 인류 역사에서처럼 남과 북의 열렬한 전투가 모든 활동의 중심이었던 그의 영혼에서, 알프스의 거대한 장벽은 영원한 갈등과 장애물의 상징이었다.

투명한 마법의 장벽 뒤 남쪽에 아름다운 낙원이 있음을 그는 알았다. 그곳에서는 모두가 타고난 풍요 속에서 누구의 도움 없이도 편안하고 즐겁게 살고, 기분을 좋게 하는 꽃들의 천진한 자연스러움과 함께 아름다움이 무성하게 자라는 반면에 북쪽은 오로지 갈망의 고통과 끈질긴 고민의 심연을 품고 있다. 그러나 북쪽의 아름다움이 더 깊이, 더 충격적으로 울렸고 신성한 흥분을 일으키며 대담하게 날개를 폈다.

늙은 원시인은 다시 멀리서 떠다니는 다채로운 산봉우리를 보며, 자신의 마음을 살폈다. 그는 북쪽, 포기하는 쪽, 그리고 채울 수 없는 갈망의 편에 섰다. 그러나 전투는 서서히 잦아들었다. 그가 인생의 절정을 넘은 뒤, 계곡의 긴 그림자 안으로 깊이 내려간 뒤, 그의 생각은 죽음의 공포를 버렸다. 그가 왔던 곳과 그가 향하는 곳이 같은 장소임을 깨달았다. 어린 시절부터 매일 그를 불렀고 그의 발걸음을 앞으로 또 앞으로 내딛게 했던 삶의 목소리가 서서히, 저 너머에서 그를 불렀다. 그 소리는 죽음의 목소리로 바뀌었고, 그 소리를 따라가는 것은 무척이나 아름답고 신비했다. 삶 또는 죽음. 그것은 낱말에 불과하지만, 유혹하는 목소리로 노래했고, 끌어당겼고, 날마다 그날의 박자에 맞춰 전진하게 했고, 고향으로 이끌었다.

저녁의 숨이 멀리서 불어왔고, 연못 갈대의 노래가 널리 퍼졌다. 밤이 낮을 부르고, 낮이 밤을 부르고, 신의 숨결이 영원히 불어오고 불어간다.

늙은 사내는 다채로운 먼 하늘에서 점점 가까운 곳으로 눈을 돌려 주의 깊게 정원을 살폈다. 그는 순간적인 현실 속에서 정원을 보지 않고, 몇 해 전부터 나무와 덤불과 사랑스러운 관계를 맺은 정원 전체를 본다. 식물, 집, 딱총나무 사이의 잘 관리된 초록 섬. 밖에서 들여다보는 시선을 용납하지 않는 이 작은 섬은, 그가 생각하고 원하던 전부였고, 그의 손에서 계속 가꿔지고 영원히 이어지고 자라나는 생각과 미래로 충만하다.

개암나무와 딱총나무 사이에서 긴 덩굴을 흔들며 무럭무럭 마구 자라난 장미. 튼실한 담쟁이가 기어오르는 아름드리 버드나무. 등나무의 구불구불 덩굴 사이로 뾰족한 여린 잎사귀만 불룩 올려보낸 라일락. 그것은 늙은 원시인의 작품으로 아름다울 뿐만 아니라, 정원사들이 수백 번 근심하며 신중하게 그러나 단호하게 선택하고 정돈한 결과물이다.

가느다란 나뭇가지 사이로 지금은 하늘이 훤히 보이지만, 넓적한 잎사귀와 잎에서, 열매와 덩굴 사이에서 훨씬 아름답고 영적인 것들이 5월, 7월, 9월에 자라날 것이다. 그 사실을 알기에 원시인은 로완나무 열매가 알몸으로 파랗게 달리고, 짙은 녹색에서 붉은 꽃이 고개를 들고, 벌과 나비의 사계절 휴식처가 마련되고, 식물들의 친밀한 우정이 인간의 손에 보호되고 사랑받기를 기다린다.

늙은 원시인은 여름 아침, 후텁지근한 8월의 밤, 4월의 한낮, 그리고 가을 저녁에 가장 어울리는 적합한 장소를 지금 벌써 찾아두었다. 작은 온실에는 아직 작은 싹조차 움트지 않았지만, 그의 머릿속에서는 씨앗들이 이미 잎이 나고 꽃이 피고, 빛을 뿌리거나 그림자를 만들고, 여기저기에서 짙은 붉은색 꽃잎을 자랑한다. 그의 머릿속에서 씨앗들은 아무런 직위도 결정권도 없다.

늙은 원시인은 여전히 마음 깊은 곳에서 푸르른 꿈을 꾼다. 정원에는 영혼의 상징과 추억, 애도와 감사의 공양물, 청년의 생각, 암시된 죽음과 귀환의 깨달음이 친숙하고 명확하게 뿌리를 내렸다. 정원을 가꾸며 새해와 새날의 시간을 같이 시작하고, 1년 동안 수없이 살고 죽는 다양한 식물들을 자연의 신비한 작품, 자기 자신, 자신의 영혼이라 여겼다. 여기서 생명체의 꿈들이 죽고 변했으며, 여기서 미사가 시작되고 영원성이 자랐다. 남들이 보기에 아름다운 나무줄기와 포근한 덤불만 있는 것 같겠지만, 여기에는 늙은 시인이 결코 잊지 못할 삶과 전투, 추구와 극복이 영원히 살았다. 외로운 통치자가 사람과 재물의 움직임을 멀리서 보고도 그 사람의 생각과 계획의 열매와 결과를 알아차리는 것처럼, 늙은 정원사는 조용한 왕국의 모든 고요한 사건과 성장을 내면의 울림과 풍요로 느꼈다.

늙은 원시인은 낮은 담장 위에 앉아 먼 산에 시선을 고정한 채 가만히 기다렸다. 겨울과 이른 봄을 극복한 지금, 벌써 미지근한 저녁과 습한 하늘이 왔고, 늙은 사내의 머릿속에는 풍성한 한 해, 경험이 쌓인 정원의 새해가 왔다. 별꽃, 라일락, 흰 담장 위에 걸린 장미 덩굴!

6월

화창한 날씨가 며칠, 아니 몇 주나 이어질 것 같은 완연한 여름이다. 그러나 아직 6월이고, 이제 막 건초를 들여왔다.

축축한 늪지에서 갈대를 태우고 더위가 뼛속까지 파고드는 이런 여름을 가장 좋아하는 사람들이 있다. 이런 사람들은 여름이 오면 물 만난 고기처럼 더위와 활기를 한껏 흡입한다. 그다지 활동적이지 않던 그들의 삶은 다른 사람은 경험하지 못할 만큼 활기차고 즐거워진다. 나도 이런 부류에 속한다.

내가 겪은 6월 중에서 가장 무더웠던 것 같다. 이제 다시 그런 날이 곧 올 것이다. 마을 어귀에 자리한 조카네 집 작은 꽃밭에서 향기가 풍겨온다. 꽃들이 무더기로 화려하게 피었다. 울타리 옆 그늘진 곳에 몸을 숨겼던 달리아조차 빽빽하게 뭉쳐 훌쩍 자랐고, 동글동글 고운 꽃봉오리가 앉았다.

노랑, 빨강, 보라, 알록달록 봉오리들 틈새로 어린 잎사귀들이 힘을 내고 있다. 계란풀은 마치 자신의 전성기가 지나 이제 무성하게 자란 물푸레나무에게 자리를 내줘야 할 때가 가까웠음을 이미 알고 있는 듯, 황갈색으로 뜨겁게 타오르며 마지막 향기를 한껏 내뿜는다. 굵은 줄기 위에 짙은 봉선화가 조용히 무더기로 피고, 날씬한 붓꽃이 꿈꾸듯 서 있고, 야생 장미가 밝은 다홍색을 자랑한다. 흙은 손바닥만큼도 보이지 않는다.

정원 전체가 마치 목 좁은 꽃병에 간신히 욱여넣은 커다란 꽃다발 같다. 꽃병 가장자리를 차지한 니겔라는 장미에 눌려 거의 질식할 듯하다. 꽃병 한복판을 차지한 야생 백합은 크고 화려한 꽃송이를 보란 듯이 높이 쳐든 모습이 폭력적인 건달을 연상시킨다.

나는 이런 꽃밭을 아주 좋아하지만, 조카와 이웃 농부들은 거의 눈길도 주지 않는다. 마침내 가을이 오고 화단에 마지막 늦장미, 밀짚꽃, 과꽃만 남으면 비로소 그들은 정원에서 약간의 즐거움을 얻기 시작한다. 지금 그들은 날마다 새벽부터 저녁 늦게까지 밭에서 일하다가 피곤한 몸으로 쓰러질 듯 돌아와 고된 병사처럼 무거운 몸을 침대에 눕힌다. 그렇더라도 그들의 정원은 해마다 봄가을에 충실히 관리된다. 그때의 정원은 아무것도 주지 않는다. 그리고 정원이 가장 화려하게 빛나는 여름이 온다. 그러나 그들은 정원을 거의 보지 않는다.

2주째 뜨거운 파란 하늘이 땅 위에 떠 있다. 아침에는 깨끗하고 밝지만, 오후에는 늘 몰려든 구름 떼에 휩싸여 서서히 낮아진다. 밤에는 멀리서 천둥 번개가 친다.

하지만 귀에 천둥소리가 아련히 남은 채 아침마다 눈을 뜨면, 다시 파란 하늘이 높이 떠서 쾌청하게 빛나고 대지를 빛과 열기로 가득 채운다. 그럼 나는 느긋하게 여름날을 내 방식대로 즐겁게 시작한다. 바짝 마른 좁은 밭길을 따라 걸으며 따뜻한 공기를 들이마신다. 높게 자란 풀밭에서 양귀비, 수레국화, 살갈퀴꽃, 선옹초, 메꽃이 활짝 웃는다.

이런 짧은 산책 후, 숲 가장자리 높게 자란 풀밭에서 한 시간쯤 길게 쉬노라면, 딱정벌레가 내 몸 위로 기어가며 간지럽히고, 꿀벌이 노래하고, 잔가지들이 잔잔한 바람에 살랑이며 하늘 깊이 빠져든다.

저녁 무렵에는 기분 좋게 피곤한 몸으로 집에 온다. 햇살 먼지와 붉게 물든 밀밭을 지나, 성숙함과 피로가 가득한 공기를 가르며 걷는다. 암소의 울음소리가 그리움을 자아낸다. 평온한 시간이 자정까지 길게 이어진다. 단풍나무와 보리수나무 아래 홀로 앉았거나, 몇몇 지인들과 포도주를 나누며 여유롭고 게으른 수다를 떨며 따뜻한 밤으로 스며든다. 멀리 어딘가에서 천둥이 치기 시작하고, 놀란 듯취한 듯 비틀거리는 바람 속에서 첫 빗방울이 관능적으로천천히, 무겁고 두텁고 부드러운 먼지 속으로 거의 들리지않게 조용히 떨어질 때까지.

아, 그리고 이 여름 소리! 누군가에게는 편안하고 누군가에게는 슬픈 소리. 그리고 내가 아주 사랑했던 소리. 자정이 지날 때까지 한없이 계속되는 수매미 울음소리다. 그소리에 완전히 자신을 잃을 수 있다. 쉬익쉬익 속삭이며휘청이는 이삭들의 바다를 볼 때처럼. 줄곧 잠복해 있던천둥소리가 멀리서 들린다. 모기 떼. 멀리까지 퍼지는 익숙한 낫 가는 소리. 후텁지근한 바람과 느닷없이 쏟아지는빗방울의 열정적인 추락.

이 뿌듯한 짧은 몇 주 사이에 어떻게 이 모든 것이 열렬하게 피어나고 숨 쉬고 살며 향기를 내고 더 강렬하게, 더내밀하게 달아오를까! 풍성한 보리수나무 향기가 계곡 전

체를 부드럽게 가득 채운다. 잘 자란 옥수수 이삭 옆에서
화려한 들꽃들이 열정적으로 꽃을 피운다. 부지런한 낫이
너무 일찍 베어가기 전에 다급하게 두 배로 빛을 내고 열
을 낸다!

키다리 목련과 난쟁이 분재

한여름이다. 내 방 창문 앞의 커다란 목
련나무가 벌써 몇 주 전부터 꽃을 활짝 피웠다. 이 나무는
남쪽 지방의 여름을 상징한다. 언뜻 보기에는 느긋하고 무
심하고 느린 듯하지만, 사실은 흥에 겨운 듯 다급하게 꽃
을 피워댄다. 눈처럼 하얀 커다란 꽃받침에서 늘 몇 개 안
되는, 많아야 여덟 개 내지 열 개밖에 안 되는 꽃잎이 동
시에 피어난다.

그렇게 나무는 꽃이 피는 두 달 동안 똑같은 모습으로
커다란 꽃송이를 보여주는 듯하지만, 이 멋지고 커다란 꽃
송이는 사실 피어나자마자 너무나 허무하게 지고 만다. 이
틀 이상 버티는 꽃잎이 없다. 대개 이른 아침에 창백한 녹
색 꽃봉오리에서 새하얗게 피어나 마법처럼 비현실적으
로 하늘거린다. 어둡게 반짝이는 늘 푸른 튼튼한 잎사귀

사이에서 순백의 아틀라스처럼 빛을 반사하며 하루 동안 젊음을 빛내다가 조용히 색이 바래기 시작하고, 가장자리가 노랗게 변하며 형태를 잃는다. 체념과 피로에 늙어간다는 감동적 표현이 잘 어울린다. 그리고 이런 노화도 하루밖에 안 걸린다. 하루가 지나고 나면 하얀 꽃송이는 이미 색이 바래 연한 계피색이 된다. 어제만 해도 순백의 아틀라스 같던 꽃잎이 오늘은 마치 얇고 부드러운 천연가죽처럼 보인다. 숨결처럼 부드러우면서도 질기고 실팍한, 꿈처럼 경이로운 감촉.

그렇게 나의 키다리 목련나무는 매일 순백의 꽃송이를 피우며 늘 같은 모습인 양 거기 서 있다. 신선한 레몬향을 연상시키며, 은은하면서도 자극적인 진귀한 꽃향기가 달콤하게 내 서재로 불어 들어온다.

키다리 여름목련나무는 (북쪽 지방에서 널리 알려진 봄목련나무와 혼동하면 안 된다.) 함박꽃나무라고도 불리는데, 아름답긴 하지만 늘 다정한 친구는 아니다. 어떤 계절에는 근심 어린 생각에 잠겨, 심지어 미워하는 눈으로 바라보기도 한다. 나무는 자라고 또 자란다. 내 이웃이었던 10년 동안 이 나무는 가지를 무성하게 뻗어, 봄가을 몇 달 동안은 내 방 발코니로 들어오는 한 줌 아침 햇살마저 가려버렸다. 나무는 너무 거대해져서, 어떤 때 보면 수액을 철철 내뿜으면서 격렬하고 무성하게 성장하는 것이 마치 튼튼하게 쑥쑥 자라는 청소년 같다. 그러나 한여름 꽃피는 시절이 되면, 화려하면서도 부드러운 위엄을 보이고, 니스칠을 한 듯 빠닥빠닥 반짝이는 잎사귀는 바람에 흔들리며 덜그럭대면서도 연약하고 아름답고 너무나도 덧없는 꽃송이들을 조심스럽게 보듬는다.

창백하고 커다란 꽃송이를 거느린 이 거대한 나무의 맞은편에 난쟁이 나무 한 그루가 서 있다. 이 실측백나무는 화분에 심어져 내 작은 발코니에 있다. 키가 1미터도 채 안 되는 난쟁이지만 곧 마흔 살이 된다. 작은 옹이마다 자의식이 맺혀 있는 난쟁이 분재는 조금은 감동적이면서도 우스꽝스럽고, 위엄이 넘치면서도 괴상한 것이, 저절로 미소 짓게 한다. 최근에 이 나무를 생일 선물로 받았다. 이제 나무는 발코니에서 존재감을 드러낸다. 옹이진 가지들이 수십 년 동안 폭풍을 견뎌온 것처럼 보이지만, 가지 길이는 겨우 손가락만 하다.

난쟁이 나무는 맞은편에 서 있는 거대한 형제를 무관심한 듯 건너다본다. 거대한 목련나무의 꽃송이 두 개면 벌써 이 기품있는 난쟁이를 가리기에 충분할 테지만, 그것에 전혀 개의치 않는다. 난쟁이 나무는 키다리 형제를 전혀 안 보는 것 같다. 잎사귀 한 장만으로도 난쟁이 나무 전체를 덮을 만큼 거대한데도 말이다. 난쟁이 나무는 기이한 작은 기념비처럼, 깊은 생각에 잠긴 듯, 자기 자신 속에 몰입한 듯, 태고의 모습으로 거기 서 있다. 그래서 인간세계의 난쟁이들이 그러하듯, 종종 이상하리만큼 늙어 보이거나 세월과 무관해 보이기도 한다.

몇 주 전부터 강렬한 여름 더위에 꼼짝도 할 수 없어 외출을 거의 하지 않고 있다. 덧문을 닫아놓은 채 내 작은 방에서만 지낸다. 내가 교류하는 친구들은 키다리 목련나무와 난쟁이 분재가 전부다. 키다리 목련나무는 성장하는 모든 것, 충동적이고 자연적인 삶, 근심 걱정 없는 생활, 충만한 풍성함의 상징이자 유혹의 소리 같다.

그에 반해 침묵을 지키는 난쟁이 나무는 의심의 여지 없이 목련나무와 정반대다. 그렇게 많은 공간을 요구하지 않고, 흥에 겨워 마음껏 즐기지도 않으며, 끈기를 갖고 집중하는 것으로 보인다. 그것은 자연이 아니라 정신이다. 충동이 아니라 의지다. 사랑스러운 작은 난쟁이 나무여! 생각에 잠겨 있는 너는 참으로 경이롭구나! 아득한 옛날부터 내려온 생명을 지닌 채 거기 서 있는 너는 참으로 강인하구나!

　건강, 성실, 생각 없는 낙관주의, 모든 심각한 문제 따위
는 웃으며 외면하기, 공격적인 질문 삼가기, 순간을 즐기
는 기술. 이런 것들이 우리 시대의 슬로건이다. 사람들은
세계대전의 힘겨운 기억을 이런 식으로 속여 잊을 수 있기
를 바란다. 아무 문제 없다는 과장된 행동은 미국적인 것
을 흉내 내는 듯하다. 살찐 아기로 분장한 배우처럼 과장
해서 어리석게 굴고, 믿기 어려울 정도로 행복하고 환하게
웃는다. ("스마일!") 그렇게 낙관주의가 유행한다.

　사람들은 날마다 새롭게 활짝 피어나는 꽃송이로 화려
하게 치장한다. 새로운 영화배우 사진으로, 신기록 숫자
로 장식한다. 그러나 이 거창한 모든 것들은 한순간의 위
대함일 뿐이고, 모든 사진과 기록적 숫자는 그저 하루살
이에 불과하다. 하지만 아무도 그것에 의문을 품지 않는
다. 어차피 새로운 것들이 끊임없이 등장하기 때문이다.
지나치게 고조된 어리석은 낙관주의 때문에 사람들은 전
쟁과 비참함, 죽음과 고통마저도 그저 착각에 불과한 아
둔한 것쯤으로 여긴다. 그리고 어떤 근심이나 문제도 알
려고 하지 않는다.

　미국을 흉내 내어 지나치게 커진 낙관주의 때문에 정신

도 그런 과장을 강요받는다. 그리고 더욱 거세게 비판하고 문제를 더 심각하게 만들고 분홍빛 어린이 같은 세계관을 적대시하고 거부하도록 자극받는다. 유행을 좇는 철학자들과 잡지들이 보여주듯이.

경이롭게 활기찬 키다리 목련나무와 놀랍도록 비물질적이고 정신적인 난쟁이 분재. 두 나무 이웃 사이에 앉아, 나는 두 나무의 존재 시합을 관찰하고, 대립에 대해 깊이 생각한다. 그러다가 더위에 살짝 졸기도 하고, 잠깐씩 담배를 피우며 서늘한 바람이 숲에서 불어오는 저녁을 기다린다.

내가 행하고, 읽고, 생각하는 모든 것에서 똑같은 분열을 만난다. 날마다 편지 몇 통이 배달되는데, 대부분 모르는 사람들한테서 오는 것들이다. 대개는 좋은 의도와 선한 마음으로 쓴 것들로 내 의견에 동의하는 내용이지만, 가끔 불평이 섞여 있기도 하다. 모두가 같은 문제들을 다루고 있는데, 하나같이 거친 낙관주의라서 비관주의자인 나를 충분히 질책하거나 비웃거나 후회하는 마음이 들게 하지는 못한다. 때로는 깊은 당혹과 자포자기에서 그들은 과장되게 내가 옳다고 인정한다.

당연히 키다리 목련나무와 난쟁이 분재는 낙관주의자

45

와 비관주의자로 둘 다 나름의 정당성을 갖는다. 다만, 나는 전자를 좀 더 위험하게 본다. 목련나무의 지나치게 흡족스러워하는 환한 웃음을 볼 때마다 1914년이 떠오르기 때문이다.

당시 독일 국민들은 모두 소위 건전한 낙관주의에 젖어 모든 것이 훌륭하고 황홀하다고 여겼고, 마침내 전쟁을 일으켰다. 그리고 전쟁은 매우 위험하고 폭력적인 일이며, 전쟁이 결국 독일을 비참하게 만들고 끝날 거라고 말하는 모든 비관주의자를 벽에다 밀어붙이고 위협했다. 이렇게 비관주의자들은 조롱당하고 때로는 벽에 밀쳐졌지만, 낙관주의자들은 다가올 위대한 시대를 축하하며 환호성을 질렀다.

몇 년 동안은 전쟁에서 승리했다. 온 국민이 완전히 지칠 때까지 환호하고 기뻐하면서 피곤한 승리를 이어가다가 갑자기 붕괴하고 말았다. 그리고 옛날 그토록 비난했던 비관주의자들의 위로를 받으며 계속 살아나갈 용기를 얻어야만 했다. 그때의 체험을 절대 잊을 수 없다.

물론 우리처럼 정신적이고 비관적인 사람들도 늘 불평만 하고 나쁘게 평가하고 비웃기만 한다면 정당하지 않다. 우리처럼 정신적인 사람들 (오늘날 사람들은 우리를 낭만주의자라고 부르는데, 거기에는 우호적인 뜻이 전혀 담겨 있지 않다.) 역시 이 시대의 한 부분이 아니던가. 따라서 우리도 프로 권투선수나 자동차 제조업자들처럼 이름으로 불리고, 이 시대의 한 부분을 구현할 권리를 갖고 있지 않을까? 이 질문에 나는 당당하게 그렇다고 답한다.

키다리 목련나무와 난쟁이 분재, 이 두 나무는, 자연의 모든 것이 그렇듯, 각자 자기 자신과 자신의 권리를 지키며 대립에 개의치 않고 마주 서 있다. 둘 다 강하고 끈질기다. 키다리 목련나무는 수액이 넘치고, 풍성한 꽃송이들은 후텁지근한 향기를 뿜어낸다. 그리고 난쟁이 분재는 자기 자신 속으로 더욱 깊이 몰입해간다.

정원을 찾는 손님들

　　　　　　무더운 여름이 되었다. 사나운 뇌우가 더
자주 몰아쳤다. 조금은 변덕스럽고 제멋대로였지만 그 위
력은 점점 더 커져서, 풍성하고 화려하게 자란 밤나무 잎
과 꽃들 그리고 딸기가 몇 년째 남아나질 않았다. 피로해
진 눈도 잠시 쉬고 바깥 공기도 쐴 겸 밖으로 나왔다. 아래
정원으로 내려가 울타리 근처 불을 지피곤 하던 곳으로 갔
다. 울타리 밖 시골길이 멀리까지 시커멓다. 커다란 오디
가 우수수 떨어졌기 때문이다.

　화로를 정리했고, 태울 종이도 많았다. 양심의 가책을
살짝 느끼며 애써 집을 외면했다. 집은 현재 온통 잔치 분
위기로 분주하다. 내일이 내 생일인데, 며칠 전부터 벌써
수많은 편지와 인쇄물, 책 꾸러미, 친구들의 선물이 도착
해 있었다. 현관문 옆에는 기르스베르크성 남쪽 기슭에서

생산된 포도주 한 상자가 놓여 있다. 그 옆에는 소묘와 동판화, 메모장 등 종이 쪼가리를 말아둔 두루마리가 있는데, 주로 노래 악보가 많다.

슈바벤 지방에 사는 화가 가이슬러[독일의 화가 후고 가이슬러(Hugo Geissler , 1895-1956)]는 내가 50년 전 보덴호수에 지었던 집을 그린 소묘를 보냈다. 집 주변의 나무와 울타리 관목이 부쩍 자라 있었지만, 그것들을 한눈에 알아볼 수 있었다. 당시 새로 지은 집과 그 곁에 새로 꾸민 정원에서 슈바벤의 젊은 시인 마르틴 랑을 집에 초대하여 함께 작업하던 그 시절을 떠올렸다.

아! 그가 보내준 우편물도 몇 개 있는데, 그중에는 나에게 헌정된 동화 같은 산문 작품도 있다. 하지만 그가 직접 내게 보낸 것은 아니다. 생전 아프지 않던 그가 최근에 갑자기 병에 걸려 세상을 떠났다. 남부 슈바벤 알프 지방의 목사 아들인 그는 당시에 활기찬 젊은이로서 자주 나와 함께 지내며 내 일상생활을 밝게 비춰주곤 했다. 우리는 함께 수다를 떨고, 시를 짓고, 태평양에 떠 있는 환상의 섬 신화를 지어내고, 정원에서 일하고, 포도주를 마시고, 폭죽을 터뜨리고, 나비를 채집했다.

얼마나 많은 친구가 올해 내 곁을 떠났던가! 그러나 오늘 나는 슬픔 없이 그들을 생각한다. 그들은 내 생각과 꿈 속에서 여전히 살고 있다. 그들이 살았을 때와 똑같이.

나는 불을 붙이고 아직 덜 마른 연녹색 잔가지와 큰 가지들을 높이 쌓는 데 열중한다. 그것들은 지난번 몰아친 뇌우와 폭풍이 남긴 잔재이거나, 봄에 산림국 지시로 나의 숲에서 저질러진 대학살의 잔재다. 아직도 여기저기에 나뭇가지와 껍질들이 엄청나게 쌓여 있어, 앞으로 수백 번도 넘게 불쏘시개로 쓸 수 있을 듯하다. 오늘 태워야 할 것들은 잘게 자르고, 좀더 단단한 가지들은 겨울에 쓸 땔감으로 가지런히 모아둔다.

나뭇가지들을 꺾고 부러뜨리는 동안, 저 위 집에서 기다리고 있는 생일 축하 우편물들은 서서히 잊는다. 아무튼 그 우편물을 처리하는 데만도 상당한 시간이 걸릴 것이다. 그걸 처리할 생각으로 마음이 무거웠지만, 서서히 즐거움이 차오른다. 어렸을 때 기대와 설렘으로 잔치를 기다렸던 생일날의 여운. 편지 따위는 필요치 않았다. 낚싯줄 한 묶음, 공책 몇 권, 프리드리히 삼촌이 '소장품' 중에서 골라 보내준 유리 꿀단지 등의 선물을 받았다. 선물들이 작은 테이블 위에 쌓여 있고, 그 옆에는 내 나이와 똑같은 수의 양초가 꽂힌 둥근 체리 케이크가 있었다. 어머니는 내 손을 잡고 그 작은 테이블 앞으로 나를 데려갔고, 다 같이 생일 축하 노래를 불렀다. 앵무새 폴리도 오보에 소리 같은 환호성으로 축하 노래에 동참했다. 그런 경험을 한 번 더 하게 된다면, 이 늙은 심장은 아마 터져버릴 것이다.

그러나 즐거움과 경이로움은 그치지 않았다. 나무를 쪼개면서 오래전에 죽은 사랑하는 사람들을 떠올릴 때, 어떤 낯선 것이 황금빛 번개처럼 여름 아침 푸른 하늘을 빠르게 가로질렀다. 밝은 연둣빛을 내며 내 머리 옆으로 휙 지나더니 산사나무 속으로 사라졌다가 이내 다시 밖으로 나와 내 발 근처 나뭇가지 위에 앉았다. 앵무새였다. 어딘가 아름다운 세계를 떠나 내게 날아온 낯선 손님이었다.

"안녕! 너는 도대체 어디서 왔니?"

앵무새에게 물었다. 어렸을 때부터 앵무새의 말을 할 줄 알았으니 얼마나 다행인가. 그러나 아름답게 반짝이는 앵무새는 내 말을 반밖에 이해하지 못했다. 어렸을 때 길렀던 폴리는 회색빛 몸통에 붉은 꼬리를 가진 아프리카산 새로, 20년 넘게 같이 산 사랑하는 가족이었다. 폴리는 새로운 말을 곧잘 익히는 신통한 재주를 가졌다.

하지만 이 낯선 연두색 앵무새는 폴리와 똑같은 종이 아니었다. 그래도 내가 쓰는 말은 어쨌든 앵무새 언어였으므로, 낯선 손님은 조그마한 머리를 들고 묻는 듯 나를 바라보았다. 몸을 굽혀 가까이 다가가 이야기를 계속하자 앵무새는 겁내지 않고 고개를 끄덕였고, 작은 눈을 반짝이며 얌전히 나의 인사와 질문에 귀를 기울였다. 그런 다음, 아주 짧게 '스타카토'로 말하며 내게 대답했다. 앵무새는 땅 위에서 먹이를 찾으며, 연기에 아랑곳하지 않고 불가까지 아주 가까이 다가왔지만, 막상 내가 따서 부리 옆에 놓아준 잘 익은 오디는 본체만체했다.

숯을 굽는 일을 계속하기 위해 기다란 밤나무 가지 하나를 손에 쥐고 쪼개어 불에 넣으려 했다. 그 순간, 앵무새 친구가 공중으로 솟구쳐 오르더니 곧장 내가 쥐고 있는 나뭇가지 끝에 내려앉아 즐거운 듯 나를 뚫어지게 보았다. 나뭇가지를 위아래로 흔들어도 꼼짝하지 않았다.

나는 몇 해 전부터 날마다 이 자리에 있었고 1년 내내 수없이 많은 것을 관찰하고 경험했다. 지빠귀가 방문했고, 고슴도치나 뱀이 몇 차례 찾아왔고, 뒤뚱뒤뚱 커다란 거북이가 온 적도 있었다. 하지만 먼 곳의 원시림에서 이곳까지 찾아와 겨우 십여 분 동안 머물렀던 이 앵무새만큼 귀여운 손님은 없었다. 동화처럼 신비로우면서도 친근한 이런 방문을 받아본 적이 지금까지 한 번도 없었다. 먼 곳의 원시림, 새의 말을 할 줄 알았던 나의 어린 시절의 숲, 어쩌면 그림 같은 낙원의 숲이 번개처럼 민첩하고 쾌활한 앵무새를 내게 보내준 건 아닐까? 앵무새는 두세 번 더 나뭇가지에서 부드럽게 몸을 흔들며 움직이더니 싫증이 났는지 푸드득 날아올랐다. 처음에는 울타리 쪽으로 날아가다가 자작나무를 훌쩍 넘어 영영 떠나버렸다.

이 진기한 일을 겪은 뒤 떠오른 추억, 여운, 생각, 상상들을 글로 쓰려면 며칠은 걸릴 것이다. 불가능한 일이고 불필요한 일이다. 연두색 낯선 손님 앵무새가 떠나고 한참 뒤에 나는 마법에서 풀려났고, 집에서 나를 기다리고 있을 모든 것들이 다시 생각났다. 재를 거르는 체와 정원 가위를 한데 꾸리고 바구니를 챙겨 등에 짊어졌다. 그리고 줄맞춰 선 포도나무를 지나 뜨거운 비탈길을 천천히 올라 집으로 향했다. 아틀리에 옆 테라스에 물건들을 내려놓고 문고리를 잡으려 손을 뻗었다. 그러나 꿈같은 축제의 아침에 펼쳐진 마법은 아직 다 끝나지 않았다.

테라스의 화강암 기둥 옆으로 장미 줄기 하나가 높이 뻗었다. 줄기에 달린 꽃은 이미 오래전에 졌지만, 발치에는 작은 야생 붓꽃이 무성하게 피었다. 그리고 살짝 오래되어 보이는 산나리도 심어져 있는데, 아마 일주일 후면 첫 꽃망울을 터뜨리기 시작할 것이다.

강한 햇살에 눈이 부셔 고개를 돌리던 순간, 푸른 잎새 속 깊숙한 곳에서 거무스레한 뭔가가 그림자처럼 소리 없이 날아오르는 것이 보였다. 그것은 새가 아니라 나비였다. 지난 3, 4년 동안 본 적 없는 아주 희귀한 들신선나비였다. 크고 아름다우며 허물을 벗은 지 얼마 안 된 것 같았다. 어둠 속에서 보란 듯이 몇 번 날개를 파닥이더니 멀리 날아갔다가 다시 돌아와 냄새를 맡고 주변을 맴돌다가 왼손 위에 사뿐히 내려앉았다.

나비는 날개를 포개고 가만히 앉아 있었다. 날개 아랫부분은 칙칙한 갈색과 잿빛을 띠었지만, 날개를 다시 활짝 펴자 벨벳처럼 부드럽고 진한 자주색이 화려하게 드러났고, 그 위에는 샛노란 줄무늬와 푸른색 점들이 멋지게 줄지어 있었다. 노란 줄무늬는 날개의 밝은 가장자리 색과 물감을 칠한 듯한 검붉은색 사이에서 너무도 고상하고 우아하게 돋보였다. 나비는 리듬을 타듯 숨을 쉬며 부드러운 날개를 천천히 접었다 폈다 하면서 머리카락처럼 가느다란 다리 여섯 개로 내 손등을 단단히 딛고 몸을 지탱했다. 잠시 후 눈 깜짝할 사이에 나비는 뜨겁고 밝은 햇살 속으로 멀리 사라졌다.

백일홍

       사랑하는 벗이여! 너무도 멋지고 조금은 별난 이번 여름도 마침내 끝나려나 봅니다. 벌써 산은 9월이 온 양 보석처럼 빛나고, 선명한 윤곽을 드러내고, 가볍고 달콤한 옅은 코발트 빛으로 빛나고 있습니다. 아침이면 초원은 다시 흠뻑 젖어 있고, 벚나무 잎은 자줏빛으로, 아카시아 잎은 황금빛으로 벌써 물들어가는 것이 느껴집니다. 이번 여름은 마인강 북쪽, 그러니까 당신이 사는 에스키모 나라도 꽤 더웠으니 이곳 남쪽이야 오죽했겠나, 생각하실 테지요. 이곳의 여름도 정말 기이했습니다. 천둥 번개와 폭우가 여느 때와 사뭇 달라서 나흘 동안 계속된 적도 있고 폭풍도 심하게 불었지요. 구경하기에 좋은 적도 있었지만, 편하진 않았고 몸도 아팠어요.

    그렇다고 올여름을 완전히 망친 건 아니에요. 이런저런

걱정거리가 있었지만 아주 격렬하고 흥미진진했고, 날씨가 나쁘거나 몸이 아파도 결코 깨질 수 없는 최고이자 유일한 행복을 누렸습니다. 자리에 앉아 열정적으로 일하며 뭔가를 창조하고 생산해내는 행복이죠. 이 일에 관해 여기에 상세하게 쓸 수는 없지만, 몇 년 뒤 우리가 그것에 대해 함께 이야기할 기회가 생길 테지요.

해마다 좋은 정보를 알려주는 신문을 통해 작가들의 근황을 접하고, 그들을 부러워하며 경탄합니다. "우리의 위대한 극작가 X 씨는 현재 라인강변의 시골집에서 희극을 쓰고 있는데, 그 소재가 매우 시의적절하다." 등등. 하지만 만약 내가 작업 중인 작품의 제목이나 내용이 신문에 먼저 보도되는 일이 벌어진다면, 틀림없이 쓰고 있던 원고를 모두 난로에 집어넣고 불살라버릴 겁니다. 그렇지 않아도, 몇 주 동안 아니 몇 달씩 소중히 여기며 애착을 가지고 쓰던 글이 갑자기 매력이 없어지거나, 문득 그 글을 못 쓸 것 같은 무력감과 절망에 빠져 그냥 내팽개쳐 두다가 결국에는 없애버리는 일이 흔히 일어납니다.

일을 하면서 틈틈이 아름다운 책도 몇 권 읽었습니다. 그중 가장 좋았던 것은 슈티프터[오스트리아의 소설가 아달베르트 슈티프터(Adalbert Stifter, 1805-1868)]의 《야생화》를 더위가 가시지 않은 7월 저녁에 평온하게 다시 읽은 것입니다. 사랑하는 벗이여, 이 작은 책이 얼마나 매혹적이고 매력적인지 모릅니다!

보시다시피 뜨겁고 분주했던 여름 몇 주를 보낸 후 이제 편안한 명상과 휴식을 즐기고 있습니다. 하지만 애석하게도 나의 휴식은 아무 일도 하지 않으며 지내는 그런 게 아닙니다. 그런 행복을 누릴 만한 능력이 내게는 없습니다만, 그래도 얼마간 느긋하게 지내면서 여름이 끝나가는 것을 경건한 마음으로 느껴보려 합니다.

이맘때가 되면 서서히 기울어가는 여름의 대기 속에 얼마간 명료한 기운이 서립니다. '그림 같다'는 말을 화가들이 '그리기 쉽다'로 이해하지 않는다면, 그것을 '그림 같다'고 표현하고 싶습니다. 이 명료함은 붓으로 그려내기가 무척 힘들 테지만, 그럼에도 붓을 멋지게 놀려 훌륭하게 그려내고 싶은 욕구가 솟구칩니다. 색이 이처럼 마법 같은 광채를 내고 이처럼 보석 같은 힘을 가진 적이 단 한 번도 없습니다. 또, 그림자가 지금처럼 부드러우면서도 흐릿해지지 않은 적이 없습니다. 식물 세계도 마찬가지입니다. 꽃, 나무, 풀 모두가 가을의 기운을 머금고 있을 뿐 가을의 현란하고 강렬하고 환희에 찬 색들을 아직 본격적으로 펼쳐 보이지 않았지만 지금보다 더 아름다운 색채를 띤 적이 없습니다.

지금 정원에는 1년 중 가장 찬란하게 빛나는 꽃들이 피어 있습니다. 여전히 빨간 석류가 타오르는 불꽃처럼 여기저기 달려 있고, 달리아와 과꽃, 그리고 매력적인 붉은 푸크시아까지 보입니다.

그러나 늦여름과 초가을의 다채로운 색을 대표하는 꽃은 역시 백일홍입니다! 요즈음 늘 이 꽃을 꺾어 방에 꽂아둡니다. 꽤 오래가는 편이라 싱싱할 때부터 시들 때까지 꽃이 변해가는 모습을 행복하고 호기심 어린 눈길로 한없이 지켜볼 수 있습니다. 방금 꺾은 다양한 색깔의 백일홍 다발만큼 건강하고 강렬하게 빛나는 꽃은 없습니다. 백일홍은 빛을 받아 더욱 강렬해지고 현란한 빛깔을 뿜어냅니다. 진하디진한 노랑과 주황, 쾌활한 빨강, 신비로운 짙은 보라……. 순진한 시골 처녀의 리본이나 일요일 나들이옷을 닮았습니다. 이 강렬한 색들을 원하는 대로 나란히 늘어놓아도, 뒤섞어놓아도, 꽃들은 늘 황홀하게 아름답고, 강렬하게 빛나고, 아주 조화롭고, 사이좋게 지내며 서로를 자극하고 돋보이게 합니다.

이런 이야기는 당신에게 새로운 것은 아닐 테지요. 백일홍의 아름다움을 처음으로 발견한 사람인 척하려는 건 아닙니다. 그저 나의 백일홍 사랑을 말해주고 싶을 뿐입니다. 그것은 벌써 오래전부터 나를 사로잡은 가장 편안하고 가장 반가운 감정이기 때문입니다. 비록 이 감정이 어느 정도는 노쇠했겠지만 절대 약해지지 않았고, 특히 이 꽃이 시들 때 더욱 강렬해집니다! 꽃병 속에서 서서히 빛이 바래 죽어가는 백일홍을 바라보며 죽음의 춤을 체험하고, 삶의 무상함을 슬퍼하면서도 한편으로는 소중히 받아들입니다. 가장 무상한 것이야말로 가장 아름다운 것입니다. 그래서 죽음이야말로 가장 아름다운 꽃이며 가장 사랑스러운 것일 수 있기 때문입니다.

사랑하는 벗이여, 일주일이나 열흘 동안 꽃병에서 시들어가는 백일홍을 한번 관찰해보세요! 그 후로도 며칠 더 색이 바래가면서도 여전히 아름다움을 간직하고 있는 백일홍을 날마다 자세히 관찰해보세요! 싱싱할 때 더할 나위 없이 강렬하고 황홀하던 색이 섬세해지고 지쳐 아주 부드럽게 흐려지는 것을 볼 수 있을 겁니다. 이틀 전만 해도 주황색이던 꽃이 이제 노란색으로 변하고, 이틀 후면 얇게 청동을 입힌 듯 회색이 됩니다. 쾌활한 농부를 닮은 청적색은 그늘에 가린 듯 서서히 창백해집니다. 지친 꽃잎 가장자리는 고개를 숙이고, 여기저기 주름이 집니다. 탁해진 흰빛, 말할 수 없이 감동적이고 호소하듯 슬픈 빛을 띤 붉은 잿빛, 그것은 증조할머니의 빛바랜 비단옷이나 희미해진 낡은 수채화에서나 볼 수 있는 색일 겁니다.

그리고 벗이여, 꽃잎의 뒷면도 세심하게 살피세요! 줄기가 꺾이는 순간 갑자기 뚜렷하게 드러나는 그늘진 뒷면이 꽃잎의 색깔 변화를 완성합니다. 꽃보다 더 향기롭고, 더 경이롭고, 점점 더 정신적인 것으로 넘어가는 천국 여행이 죽음을 완성합니다. 다른 때는 꽃의 세계에서 찾아볼 수 없는 금속이나 광물을 닮은 기이한 색, 고산지대의 암석이나 이끼, 바닷말에서나 볼 수 있는 청회색과 잿빛 녹색, 청동색으로 변하며 꿈을 꿉니다.

좋은 포도주의 특별한 향기, 또는 복숭아 껍질이나 아름다운 여인의 피부 위에 난 솜털의 유희를 잘 알 듯, 당신은 이런 것들의 가치도 잘 압니다. 내가 시들어가는 백일홍의 색채에 열광하고, 슈티프터의 《야생화》를 읽으며 다정하게 들리는 음조에 열광할지라도, 내가 권투선수보다 더 섬세한 감각과 더 깊이 울리는 정서를 가졌을지라도, 나를 감상적인 낭만주의자라고 비웃지는 않겠지요.

하지만 벗이여, 우리는 이제 몇 명 남지 않았고, 우리 같은 이들은 멸종위기를 맞았습니다. 음악성이 전축의 소유로 축소되고 니스칠이 잘 된 트럭이 아름다운 세계로 통하는 미국 취향의 현대인들에게, 그런 것에나 만족하고 즐기는 반쪽 인간에게 예술을 가르쳐보세요. 꽃의 죽음, 빛나는 회색으로 변하는 장미를 가장 생동감 있고 가장 감동적이며 모든 생명과 모든 아름다움의 비밀로 체험하도록 가르쳐보세요. 그들은 아마 놀랄 겁니다!

나의 이 여름 편지가 당신에게 상기시키는 이러저러한 것들을 잠시 명상해보세요. 그럼 오늘의 질병이 내일의 건강일 수 있고 그 반대일 수도 있다는 생각이 다시 한번 당신 안에서 깨어나는 걸 느낄 수 있을 겁니다. 겉보기에 아주 튼튼하고 저주스러울 만큼 건강해 보이는 돈과 기계의 인간들은 한 세대를 행복하고 멍청하게 지내다가, 그다음에는 어쩌면 의사, 교사, 예술가, 마술사를 찾아가 돈을 많이 내고 다시 아름다움의 비밀로, 영혼의 비밀로 이끌어달라고 청할 겁니다.

여름과 가을 사이

굳은 날씨, 아픈 몸, 그리고 이런저런 일
들이 나의 여름 대부분을 앗아갔다. 그러나 여름과 가을
사이, 마지막 무더운 밤들이 이어지고 첫 번째 과꽃이 피
어나는 이때 나의 모든 모공을 열고, 이 시기가 주는 한 해
의 절정과 충만을 모두 빨아들여 만끽한다.

겨울이나 봄에 이 시기를 생각하면, 무척 아름답고 숭
고하면서도 덧없는 이미지들이 떠오른다. 이를테면, 가지
에 무겁게 매달려 고개를 숙인 채 달콤한 향기로 매혹하
는 활짝 핀 장미의 모습. 그리고 자주색으로 잘 익은 복숭
아. 복숭아는 적절한 시기에 따야 한다. 복숭아가 특유의
단맛을 내면서 한껏 풍만하게 살찌고 무르익어 이제 더는
살고자 하는 의지가 없는 순간을 노려야 한다. 그때가 되
면 복숭아는 더 이상 저항하지 않고 만지자마자 우리 손

길에 굴복하며 떨어진다. 또, 사랑할 능력과 삶이 절정에 이른 아름다운 여인의 모습도 떠오른다. 성숙함과 지혜와 충만한 힘이 느껴지는 위엄 있는 몸짓과 장미를 닮은 우울한 숨결, 그리고 덧없음에 조용히 굴복하는 모습이 떠오르는 것이다.

이런 늦여름의 뜨거운 날들은 길어야 9월 중순이면 끝난다. 뻣뻣해진 잎사귀 속에서 포도는 파랗게 변하기 시작한다. 밤에는 서재의 등불 주위로 수천 마리의 작은 나방들이 보석처럼 반짝이며 날아다니고, 흰무늬밤나방과 풍뎅이가 왕왕거린다. 아침이면 정원에서 흐리게 반짝이는 커다란 거미줄에 맺힌 이슬방울이 어느새 가을의 빛깔을 머금고 있다. 그러다가 한 시간쯤 지나면 땅과 식물들이 농익은 열기를 침묵 속에서 뿜어낸다.

여름에서 가을로 넘어가는 이 시기를 어린 시절부터 무척이나 좋아했다. 이즈음이면 자연의 온갖 부드러운 소리를 받아들일 준비로 감수성이 충만해진다. 덧없는 색채들의 향연이 나의 호기심을 자극한다. 사소하게 벌어지는 온갖 하찮은 일을 하나도 놓치지 않으려는 듯 귀를 기울이고 엿듣는다. 일찍 시든 포도 잎이 햇빛 속에서 말라가며 구부러지고, 황금빛을 띤 작은 거미는 거미줄에 매달린 채

나무에서 살금살금 내려온다. 햇볕 가득한 돌 위에서는 도마뱀이 햇살을 마음껏 쬐려고 솜털처럼 부드럽고 납작하게 몸을 붙이고 쉬고 있다. 바래고 시들어 짐처럼 거추장스러워진 장미꽃잎이 소리 없이 떨어지자 가벼워진 장미 가지는 살짝 튕겨 오른다. 이 모든 것들이 다시 오래전 어린 소년 시절에 느꼈던 것처럼 소중하고 강렬하게 내게 다가와 말을 건다.

예전에 사라진 무수한 여름의 이미지들이 내 안에서 다시 생생하게 살아난다. 변덕스러운 기억 속에서 반사되어 환하게 또는 속삭이듯 보이는 것이다. 나비채를 손에 들고 돌아다니는 소년, 양철 식물 채집통, 부모님과의 산책, 여동생의 밀짚모자 위에 꽂혔던 수레국화, 산을 오르다 높은 다리에서 내려다보며 현기증을 느꼈던 계곡물의 포효, 뾰족하게 솟은 절벽 바위, 손이 닿지 않는 곳에 피어 하늘거리던 야생 패랭이꽃들, 이탈리아식 시골 별장 담벼락에 붙어 피던 연분홍빛 협죽도, 슈바르츠발트의 야생 초원지대를 덮고 있던 푸른 아지랑이, 보덴호숫가의 정원 담장들, 감미롭게 찰랑거리는 호수 가장자리에 매달리듯 피어 있던 꽃들, 거울 같은 수면 위로 비치던 과꽃과 수국과 제라늄.

이처럼 내 기억 속의 이미지들은 아주 다양하다. 하지만 아지랑이가 모락모락 피어오르던 한낮의 열기, 무르익은 향기, 정오의 느낌, 무언가를 고대하는 기다림, 복숭아를 감싸고 있던 부드러운 솜털, 성숙함의 절정에 이른 아름다운 여인의 아련한 우울함이 이 모든 이미지에 똑같이 담겨 있다.

이 무렵에 마을을 산책하며 풍경을 살피면, 흐드러지게 핀 니겔라꽃들 사이로 농가 정원에 울긋불긋 활짝 핀 과꽃이 보이고, 무더기로 피어 있는 푸크시아꽃 밑에는 예쁜 붉은 꽃잎들이 땅에 가득 떨어져 있다. 잎사귀들 대부분이 벌써 초가을의 빛깔을 내며 금속처럼 어두운 청동빛을 띠고 희미하게 반짝인다. 아직 절반은 초록인 포도나무에 파란빛의 첫 열매들이 매달려 있다. 그중에는 서둘러 짙은 남색을 띤 것도 제법 있어, 맛이 들었는지 궁금해서 따 먹어보면 달콤하다.

숲속 여기저기 고결한 청록색 아카시아나무 사이에서 마치 호각 신호처럼 밝고 순수한 소리의 여운이 울려 퍼진다. 시든 가지 위에 황금빛 작은 반점들이 보이고, 너도밤나무에서 철 이른 열매들이 이곳저곳에 떨어져 있다. 단단한 녹색 껍질에 가시가 돋아 있어 까기가 몹시 어렵다. 가시는 생긴 건 약해 보이지만 순식간에 살 속으로 파고든다. 이 작고 거친 열매가 생명의 위협에 완강히 저항하는 것이다. 껍질을 까보면 절반쯤 익은 개암나무 열매처럼 보이지만, 맛은 훨씬 쓰다.

이 무렵 며칠 동안 계속된 숨막히는 무더위에도 개의치 않고 더 자주 밖으로 나간다. 달콤한 성숙함이 돌연 시들고 죽을 수 있는 것처럼, 이 아름다움이 얼마나 덧없고 빨리 작별을 고하는지 알고 있다. 이 늦여름의 아름다움 앞에서 탐욕을 부린다. 이 풍요로운 여름이 내 감각에 제공하는 모든 것을 보고, 느끼고, 냄새 맡고, 맛보고 싶다. 이처럼 갑작스러운 소유욕에 사로잡혀 휴식도 잊은 채, 여름에서 가을로 넘어가는 이 계절의 모습을 끌어모은다. 그리하여 다가오는 겨울날에도, 심지어 나이가 들어서까지도 간직하고자 한다. 평소에는 소유욕이 그다지 강하지 않기 때문에 쉽게 포기하고 쉽게 놓아주는 편이지만, 지금은 온통 붙들고 싶은 열망에 괴로워한다. 그런 내 모습에 혼자 싱긋 웃을 수밖에 없다.

정원에, 테라스에, 풍향기 아래 키 작은 탑에 며칠 동안 몇 시간씩 꼼짝 않고 앉아 있다가 갑자기 마음이 분주해져서 연필과 펜, 붓과 물감을 들고, 화려하게 피었다 사라지

는 이런저런 사물들의 풍요로움을 곁에 잡아두고자 애쓴
다. 정원 계단 위에 드리운 아침 그늘을 열심히 스케치하
고, 뱀처럼 뒤얽힌 굵은 등나무의 덩굴과 멀리 저녁 산들
위에 숨결처럼 감돌며 보석처럼 빛나는 유리 빛깔 색채를
베끼려 공을 들인다.

하지만 곧 피로해져, 몹시 피로해져 집으로 돌아온다.
저녁에 종이들을 정리할 때면, 내가 기록하고 간직할 수
있는 것들이 얼마나 적은지 알고 슬퍼진다.

그런 다음 조금 어둑한 방에서 저녁식사로 과일과 빵을
먹기 시작하는데, 금세 아주 깜깜해져서 불을 켜야 한다.
조금 있으면 7시도 되기 전에 불을 켜야만 할 것이고, 점
점 더 일찍 켜야 할 것이다. 조금 있으면 어둠과 안개, 추
위와 겨울에 익숙해질 것이고, 세상이 한때 얼마나 찬란하
게 빛나고 완벽했는지 기억하지 못할 것이다.

다른 생각을 하려고 약 15분 동안 책을 읽는다. 이 무렵
에는 탁월하게 좋은 책만 읽을 수 있다. 방은 어둡지만, 밖
은 아직 낮의 기운이 어슴푸레 남아 있다. 일어나 테라스
로 나가 멀리 내다보면 담쟁이덩굴로 뒤덮인 나지막한 담
너머로 아름답고 작은 마을인 카스타뇰라, 간드리아, 산
마메테가 보이고, 살바토레 뒤쪽으로 몬테게네로소산이

불그스레하게 빛난다. 이 순간은 10분, 15분이면 끝난다.

팔다리도 피곤하고 눈도 피곤해서 의자에 등을 기대고 앉았다. 싫증이 나거나 우울한 것이 아니라 감수성이 가득 해진 몸에 휴식을 주는 것이다. 아무 생각도 하지 않는다. 아직 햇볕의 따스함이 남은 테라스에는 꽃 몇 송이가 희미 하게 빛나는 잎사귀들과 함께 마지막 저녁 빛 속에서 서서 히 졸음에 젖어 낮과 작별한다.

황금빛 가시를 달고 뻣뻣하게 서 있는, 어딘지 이국적이 고 낯설고 당혹스러운 커다란 선인장이 홀로 튀어 보인다. 동화 속에 나올 것 같은 이 선인장은 친구가 준 선물로, 옥 상 테라스에서 가장 영예로운 자리를 차지하고 있다.

선인장 곁에는 무더기로 핀 푸크시아가 미소 지으며 자 주색 페튜니아 꽃잎에 그늘을 드리운다. 패랭이꽃, 살갈 퀴, 과꽃, 산나리꽃은 시들어버린 지 오래다.

몇몇 화분과 상자에 빽빽이 심어놓은 꽃들은 잎이 거무 튀튀해지면서 꽃 색깔은 한층 격렬해진다. 마치 대성당 안 의 스테인드글라스처럼 몇 분 동안 훨훨 불타오르듯 빛을 뿜는다. 그런 다음 서서히, 서서히 시들고, 일생일대의 거 창한 죽음을 준비하기 위해 날마다 조금씩 작은 죽음을 겪 는다. 생생한 빛깔은 눈에 띄지 않게 점점 사라져 어느새 녹색은 검은색으로 변하고, 경쾌하던 붉은색과 노란색은 퇴색하여 밤새 죽어간다.

가끔 나비가 뒤늦게 날아와 꿈꾸듯 날개를 파닥이며 열렬히 구애하지만, 짧고 매혹적인 밤은 이내 사라지고, 저 너머의 산들이 어둠 속에서 갑갑하게 서 있다.

아직 별 하나 보이지 않는 연녹색 하늘가에서 박쥐들이 날갯짓을 서두르며 나타났다가 번개처럼 사라진다. 발아래로 내려다보이는 저 골짜기 아래에서 흰 반소매 셔츠 차림의 사내가 풀이 무성한 들판에서 풀을 벤다. 마을 변두리 어느 농가에서 졸린 듯한 피아노 소리가 희미하게 들려온다.

방으로 돌아와 불을 켜자, 커다란 그림자가 방안을 이리저리 날아다닌다. 큰 밤나방 한 마리가 유유히 날갯짓하며 전구 위의 녹색 유리 갓으로 날아간다. 나방은 밝게 빛나는 녹색 유리 위에 내려앉아 길고 얇은 날개를 접고, 가는 솜털로 덮인 촉수를 부르르 떤다. 나방의 검고 작은 눈이 축축한 송진 방울처럼 반짝인다. 접은 날개 위쪽에는 대리석처럼 무수히 갈라진 부드러운 무늬들이 아롱져 있다. 그 무늬는 시든 잎사귀의 희미하고 갈라진 흐릿한 색깔을 띠고 있는 듯도 하고, 갈색과 회색, 온갖 색들이 복잡하게 뒤

섞여 있는 듯도 하다. 아무튼 나방의 날개는 융단처럼 부드러운 색조를 띤다.

일본인이라면 그 색채와 혼합색의 이름 전체를 조상으로부터 정확히 물려받아 하나씩 이름을 부를 수 있었을 것이다. 그러나 스케치하고, 색을 칠하고, 생각에 잠기고, 글을 쓰는 것으로 모든 것을 다 표현할 수 없는 것과 마찬가지로, 색채에 이름을 붙이는 것으로도 부족하다.

적갈색과 자주색, 회색이 감도는 나방의 날개 표면에 창조의 모든 비밀이 새겨져 있다. 온갖 마법과 온갖 저주, 수천 개의 얼굴로 창조의 비밀이 우리를 올려다보다가 다시 꺼져간다. 우리는 아무것도 붙잡을 수가 없다.

꽃

아, 아름다운 누이들이여, 사랑하고 질투하노라
너희들의 삶은 어쩌면 그토록 편안하고 평온한가
흙의 빛, 흙의 광채
수많은 고운 빛깔로 흙을 꾸며주네

햇살이 더욱 진해지고
색색이 고운 꽃받침 안에서 더욱 강렬하게 빛난다
아, 우리 인간 동물은 가지지 못한 모든 것들
너희들 안에서 활짝 꽃피어내기를 갈망하나니

아이들의 아름다움
눈 속에서 더욱 환히 빛난다
오래된 흙의 천년 약속

우리는 너희들을 사랑하지,
그럼에도 너희들의 목을 꺾는다
죽이고, 아무런 후회도 하지 않는다

첫 꽃

시냇가
붉은 초원 너머
이맘때면
활짝 피는 노란 꽃들
황금빛 눈을 크게 뜬다네
그리고 내 마음은, 천진함을 벗은 지 오래인 내 마음은
옛 추억에 들썩이네
내 인생의 황금빛 아침, 그날의 추억이여
그때 꽃들이 황금빛 눈으로 나를 빤히 보았고
나는 꽃을 꺾으려 했지
지금은 모두 그대로 거기에 두네
그리고 집으로 간다네, 늙은 사내는

꽃의 일생

동그란 초록 잎새에 아기처럼 안겨 있다
주위를 흘깃거릴 뿐,
고개 들어 살펴볼 엄두를 내지 못한다
빛의 포물선에 사로잡힌 기분
낮과 여름이 이유 없이 우울하다

빛, 바람, 나비가 주위를 돌며 꾀어내려 애쓴다
첫 미소로 삶이 시작된다
겁 많은 심장 그리고 희생을 배운다
짧은 생애, 꿈들의 나열

마침내 활짝 웃는다, 빛깔이 이글거린다
꽃받침에서 황금 꽃가루가 부푼다

무더운 한낮의 불타는 열기를 만난다
그리고 저녁이 되면 녹초가 되어 잎사귀에 몸을 기댄다

성숙한 여인의 입술을 닮은 꽃잎
늙은 사내가 주변에서 노닥인다
여름 열기에 더욱 활짝 웃는다, 마음 깊이 진심으로
충만함 그리고 벌써 쌉쌀한 질투가 뒤섞인다

시들어간다, 이제 실처럼 가늘어지고 끊어진다
씨를 뿌리느라 지친 잎사귀
유령처럼 빛깔을 잃었다
커다란 비밀이 죽어가는 것들을 감싼다

나무

　　　　나무는 늘 가장 깊은 감명을 주는 설교
자다. 사람들 사이에서, 집 안에서, 숲에서, 들판에서 자라
는 나무를 존경한다. 홀로 자라는 나무를 특히 더 존경한
다. 그런 나무는 고독한 사람 같다. 나약함 때문에 현실에
서 도피한 외로운 은둔자가 아니라, 베토벤이나 니체처럼
스스로 고독을 선택한 위대한 사람 같다.

　나무 꼭대기에서는 세상이 쉭쉭 바람 소리를 내고, 뿌리
는 무한 속에서 깊이 뻗어 나간다. 그 속에서 나무는 자신
을 잃지 않고 모든 생명력을 동원해 오직 하나를 위해 애
쓴다. 타고난 고유한 법칙을 따르고 고유한 형상을 완성하
여 자신을 세상에 표현해내기 위해 온 힘을 다한다.

　아름답고 강인한 나무보다 더 성스럽고 더 모범적인 것
은 없다. 나무가 톱에 잘리고 벌거벗겨진 죽음의 상처가

태양 아래 훤히 드러나면, 잘린 나무둥치의 희멀건 묘비에서 나무의 역사를 모두 읽을 수 있다. 상처가 아문 나이테 자국에는 나무가 겪었던 온갖 투쟁과 고난, 아픔, 갖가지 행복과 번성했던 시절의 이야기가 충실하게 기록되어 있다. 가는 나이테는 그해에 폭풍우의 거센 공격을 받아 힘들었음을 나타내고, 굵은 나이테는 잘 지냈음을 나타낸다. 그래서 농촌 아이들은 가장 강인하고 고귀한 나무가 가장 가는 나이테를 가졌다는 걸 안다. 그런 나무는 높은 산꼭대기와 위험이 늘 도사리고 있는 곳에서 자란다.

나무는 성스럽다. 나무와 대화를 나눌 줄 알고 나무의 이야기를 귀 기울여 들을 줄 아는 사람은 진실을 알게 된다. 나무는 교훈이나 처방 따위를 떠벌이지 않는다. 개별적인 일에는 신경 쓰지 않고, 삶의 근원적인 법칙을 알려 준다.

한 나무가 말한다.

"내 안에는 하나의 핵과 하나의 불꽃과 하나의 생각이 들어 있다. 나는 영원한 생명을 삶으로 보여준다. 영원한 어머니 자연은 나와 함께 유일무이한 일을 계획하고 시도한다. 내 모습과 내 피부 아래로 흐르는 혈관도 유일무이하고, 내 머리 꼭대기에 매달린 가장 작은 잎사귀의 팔랑

거림과 몸통에 난 가장 작은 흉터도 유일무이하다. 내 임무는 그런 분명한 유일무이함으로 영원한 생명을 보여주는 것이다."

다른 나무가 말한다.

"나의 원동력은 신뢰다. 나는 선조에 대해 아무것도 모르고, 해마다 내게서 생겨나는 수천의 자손에 대해서도 아무것도 모른다. 내 씨앗 속에 비밀을 간직한 채 마지막까지 살아간다. 다른 어떤 것도 생각하지 않는다. 내 안에 신이 있다고 믿는다. 나의 의무가 성스럽다고 믿는다. 이런 믿음에서 힘을 얻어 살아간다."

너무 서글퍼서 삶을 견디기가 어려워지면, 나무가 우리에게 말한다.

"진정해! 진정해! 나를 보렴! 삶은 쉽지도, 어렵지도 않아. 그런 건 모두 유치한 생각일 뿐이지. 네 안에서 신이 말씀하도록 하면 그런 유치한 생각은 침묵하게 된단다. 네가 두려움을 느끼는 이유는, 네가 가는 길이 어머니로부터, 고향으로부터 멀어지기 때문이야. 그러나 너는 내딛는 걸음마다 날마다 다시 어머니에게로 인도되지. 고향이란 여기 아니면 저기에 따로 있는 게 아니야. 고향은 네 안에 있을 뿐, 다른 어디에도 없어."

밤바람에 나부끼는 나뭇잎 소리를 들으면, 정처 없이 떠돌고 싶은 욕망에 마음을 빼앗긴다. 가만히 오랫동안 귀 기울이면, 방랑하고 싶은 욕구의 핵심과 의미가 드러난다. 겉으로 보이는 것처럼, 고통에서 벗어나고 싶어서 계속 떠나고 싶은 게 아니다. 방랑은 고향을 그리는 향수이고, 어머니를 기억하고 인생의 새로운 균형을 찾으려는 동경이다. 방랑은 집으로 안내한다. 모든 길은 집으로 향한다. 모든 걸음이 탄생이고, 모든 걸음이 죽음이며, 모든 무덤이 어머니다.

저녁에 우리가 자신의 유치한 생각에 불안해할 때, 나무는 솔솔 속삭인다. 나무는 우리보다 더 오래 사는 것처럼, 생각이 길고 호흡이 길고 차분하다. 우리가 나무의 말에 귀 기울이는 한, 나무는 우리보다 더 현명하다. 우리가 나무의 속삭임에 귀 기울이는 법을 배우면, 어린애같이 서두르는 짧은 소견과 유치한 성급함을 지닌 우리도 비할 바 없는 즐거움을 얻는다. 나무의 속삭임에 귀 기울이는 법을 배운 사람은 나무가 되려고 갈망하지 않는다. 그가 갈망하는 것은 오로지 있는 그대로의 자기 자신으로 사는 것이다. 그것이 고향이다. 그것이 행복이다.

복숭아나무

지난밤 알프스에서 뜨거운 바람이 거세게 불어닥쳤다. 우직한 대지와 빈 들판과 정원을 휩쓸고, 말라버린 포도 덩굴과 헐벗은 숲을 가로질러, 나뭇가지와 둥치들을 마구 휘저으며 장애물을 만날 때마다 쉬익쉬익 울부짖었다. 무화과나무들은 서로 나뭇가지를 부딪치며 덜그덕거렸고, 시들어버린 나뭇잎이 높이 소용돌이쳐 구름처럼 허공을 날았다. 밤새 시달린 나뭇잎들은 오늘 아침 깨끗이 쓸려 정원 구석구석과 바람을 막아주는 담벼락 앞에 납작 엎드려 잔뜩 웅크리고 있었다.

정원에 나가보니 불행한 일이 일어나 있었다. 내 복숭아나무 중 가장 커다란 것이 밑동이 부러진 채 포도밭의 가파른 비탈 위에 쓰러져 있었다. 복숭아나무는 아주 오래 사는 나무가 아니고, 영웅처럼 우람한 나무에 속하지도 않는다. 여리고 약하고 쉽게 상처 받는다. 어쩐지 복숭아나무 수액은 과잉보호를 받으며 자라난 귀족의 피를 닮은 것 같다.

쓰러진 복숭아나무는 특별히 기품이 있거나 아름다운 나무는 아니었지만, 내 복숭아나무 중에서 가장 크고, 오랫동안 알고 지낸 친구 같으며, 나보다 더 오래 이곳에 자리를 잡고 살아온 나무였다. 해마다 3월 중순이 지나면 그 복숭아나무에는 꽃봉오리가 열리면서 분홍빛 꽃이 피어났다. 화창한 날에는 파란 하늘을 배경으로 화사하게 빛났고, 비 오는 날이면 잿빛 하늘을 배경으로 더없이 두드러져 보였다. 아직 선선한 4월의 변덕스러운 바람 속에서 그네를 타듯 흔들거렸고, 그 주위로 샛노란 나비들이 황금빛 불꽃처럼 이리저리 날아다녔다. 그 나무는 알프스의 뜨거운 바람에도 꿋꿋이 버텼다. 장마 때는 축축하고 흐린 날들이 계속되는 가운데 마치 꿈을 꾸듯 조용히 서서 몸을 살짝 구부린 채 발밑의 포도밭 기슭에서 자라난 풀들이 비를 맞으며 점점 짙어지고 윤기가 더해가는 것을 내려다보았다.

가끔 그 복숭아나무에서 꽃가지를 하나 꺾어 내 방에 꽂아두기도 했다. 또, 가지에 매달린 열매들이 무거워지기 시작하면 나뭇가지에 막대를 받쳐주어 지탱해주기도 했다. 처음 이곳에 이사 와서 살던 몇 년 동안은 꽃이 활짝 핀 나무를 그림으로 그려보려고 시도한 적도 있었다.

복숭아나무는 사계절 내내 거기에 서 있었다. 나의 작은 세계 속에 자리 잡고 그 세계의 일부로서 더위와 눈과 폭풍우와 고요를 함께 겪었다. 나무의 소리는 노래가 되었고, 나무의 울림은 그림이 되었다. 나무는 점차 포도 덩굴보다 더 크게 자라나, 주위에서 여러 세대를 이어 살았던 도마뱀, 나비, 새들보다 더 오래 살았다.

복숭아나무는 그다지 빼어난 모습도 아니었고 별 관심도 끌지 않았지만 없어서는 안 되는 존재였다. 복숭아가 익어갈 즈음, 아침마다 정원의 작은 계단 길에서 잠시 옆으로 새어 그 나무에 다가갔다. 밤새 떨어진 복숭아들을 축축한 풀밭에서 주워 호주머니에 넣거나 바구니나 모자에 담아 집으로 가져와 테라스 가장자리에 널어 햇볕에 말리곤 했다.

나의 오랜 친구였던 복숭아나무가 서 있던 자리에는 이제 구덩이가 생겼다. 내 작은 세계에 균열이 생겨 그 틈새로 공허와 어둠, 죽음과 공포가 기웃거렸다. 부러진 나무 줄기가 서글프게 누워 있었다. 어쩐지 좀 푸석푸석하고 물렁물렁해 보였고, 가지들도 꺾이고 부러져 있었다. 2주만 더 있었더라도 그 가지에는 다시 분홍빛 꽃이 피어 파란 하늘이나 흐린 하늘을 배경으로 꿋꿋이 서 있었을 것이다. 이제 나는 그 나무에서 꽃가지를 꺾지도 못하고 열매도 따지 못할 것이다. 독특하고 환상적인 나뭇가지를 그림으로 그릴 수도 없고, 무더운 여름날 계단을 내려가 나무의 옅은 그늘 속에서 잠시 쉴 수도 없을 것이다.

정원을 관리하는 로렌초를 불러 쓰러진 나무를 헛간으로 옮기라고 지시했다. 비가 내리는 날 다른 할 일이 없으면 그 나무를 잘라 장작으로 만들 생각이다. 좀 우울한 기분으로 나무를 바라보았다. 아, 나무도 역시 믿을 만한 것이 못 된다. 어느 날 갑자기 사라지거나 죽어버릴 수 있다. 어느 날 갑자기 사람을 홀로 둔 채 거대한 어둠 저편으로 사라져버릴 수 있다.

나무 밑동을 잡고 힘겹게 끌고 가는 로렌초의 뒷모습을 바라보았다. 잘 가라, 내 소중했던 복숭아나무여! 그래도 너는 적어도 품위 있고 자연스럽게 온당한 죽음을 맞이했으니 행복했다고 말할 수 있다. 너는 견딜 만큼 견뎠고, 거대한 적이 너의 나뭇가지를 비틀 때까지 반항하다가 결국 굴복하고 쓰러져 뿌리가 뽑히고 말았다. 그러나 너는 공중

폭격을 받아 산산이 부서지지 않았고, 악마처럼 독한 염산을 뒤집어쓰고 태워지지도 않았다. 수백만 명의 실향민들처럼 고향땅에서 뿌리가 뽑힌 채 피를 흘리며 고향을 등지고 낯선 땅에 임시로 심어졌다가 다시 짐을 싸는 불운을 겪지도 않았다. 주변에서 일어나는 몰락, 파괴, 전쟁, 수치를 겪으며 비참하게 죽어가지도 않았다.

너는 나무의 가장 평범한 운명을 맞이한 것이다. 그러므로 너는 행복했다. 나이가 들어서도 독으로 오염된 비참한 세상에 저항해야 하고, 악취가 진동하는 시궁창 같은 세상에서 깨끗한 공기를 마시기 위해 날마다 투쟁해야 하는 우리 인간보다 너는 더 멋있고 아름답게 나이 들었고 기품 있게 죽어갔다.

쓰러져 누워 있는 복숭아나무를 봤을 때, 그런 일을 당할 때마다 늘 그랬듯이 빈자리에 대신 심을 새 나무에 대해 생각했다. 쓰러진 나무가 있던 자리에 먼저 구덩이를 판 다음, 한동안 대기 속에서 비와 햇빛을 받도록 놔둔다. 어느 정도 시간이 지나면 썩은 잡초나 나무를 태운 재와 거름을 섞은 비료를 준다. 그런 다음 가능한 한 따스하고 온화한 날을 잡아 새 묘목을 심을 것이다.

그 어린나무도 이곳의 흙과 공기를 좋아하게 될 것이고,

포도밭과 꽃들, 도마뱀, 새, 나비들과 좋은 친구이자 이웃이 될 것이다. 몇 년이 지나면 열매도 맺을 것이다. 해마다 봄이 되면 3월 중순부터 3월 말까지 사랑스러운 꽃을 활짝 피울 것이다. 그리고 운명이 그에게 선의를 베푼다면, 언젠가 늙고 힘이 빠져 폭풍이 몰아치거나 산사태가 일어나거나 폭설이 내리면 죽음을 맞을 것이다.

그러나 이번만큼은 새 복숭아나무를 심지 않기로 했다. 살아오는 동안 꽤 많은 나무를 심었으니 한 그루 덜 심는다고 문제가 되지는 않을 것이다. 지금 여기서 또다시 새로운 생명을 키우고 삶의 바퀴를 다시 돌리며 탐욕스러운 죽음에 다시 희생물을 바치고 싶지 않았다. 그냥 내 안에서 무언가가 그것을 거부했다. 그렇게 하고 싶지 않았다. 복숭아나무가 쓰러진 그 자리는 그렇게 비워둘 것이다.

잘려나간 참나무

나무 너를 저들이 얼마나 베었더냐
나무 너는 얼마나 외롭게 특별히 거기 서서
얼마나 수없이 괴롭힘을 당했더냐
인내와 의지가 모조리 바닥날 때까지!

나는 너처럼 베이고 괴롭혀진
나의 삶을 꺾지 않으리
그리고 날것의 고통에 날마다 세례 받고
새롭게 이마에 빛을 받으리

내 안의 연함과 약함
세상은 죽음으로 나를 조롱했다
그러나 나는 파괴할 수 없는 존재

나는 삶에 만족하고, 삶과 화해한다

수없이 찢기고 쪼개졌던 잔가지에서
끈질기게 새잎을 싹틔우리라
그리고 온갖 바람에도 꿋꿋이 버티리라
이 미친 세상을, 나는 사랑한다

내가 책임져야 할 한 뼘 땅

내가 고독 속에 머물러 있었더라면, 삶의 동반자를 다시 한번 만나는 일은 없었을 테고, 카사 카무치를 떠나는 일도 결코 없었을 것이다. 사실 그 집은 나처럼 늙고 건강하지 못한 사람에게는 여러 면에서 안락한 곳이 못 되었다. 동화 속 집 같은 그곳에서도 혹독한 추위에 떨어야 했고, 온갖 궁핍을 겪어야 했다. 그러다 보니 지난 몇 해 동안 늘 내 머릿속에는, 노년을 보다 안락하고 건강하게 보낼 수 있는 곳으로 이사를 다시 가볼까, 집을 살까, 세를 낼까, 심지어 집을 한 채 지을까 등등 이런저런 생각이 떠올랐다. 하지만 단 한 번도 진지하게 고려하진 않았다. 그저 소망이자 생각일 뿐, 그 이상은 아니었다.

그런데 아름다운 동화가 현실이 되었다. 1930년 어느 봄날 저녁에 우리는 취리히에서 만나 잡담을 나누다가 대화가 집과 집짓기로 흘렀다. 나는 가끔 마음속에 떠올랐던 새집에 대한 소망을 이야기했다. 그때 갑자기 친구 B가 나를 보고 환히 웃더니 큰 소리로 말했다.

"그런 집에서 살게 될 걸세!"

당시에는 그 말이 그저 포도주를 즐기는 기분 좋은 저녁에 친구가 장난삼아 건네는 멋진 농담쯤으로 들렸다. 그런데 그 장난 같은 일이 실제로 일어났다. 그때 우리가 재미삼아 꿈꾸었던 엄청나게 크고 아름다운 집이 지금 여기에 있고 평생 마음대로 사용할 수 있게 되었다. 나는 다시 '온전한 삶'을 위해 집안을 꾸밀 계획을 세웠다. 이번에는 어쩐지 제대로 잘될 것 같았다.

어딘가에 내 집을 갖고, 한 뼘 땅을 사랑하고, 그저 눈으로 보고 그림으로 그리는 데 그치지 않고 경작하며, 농부와 목자의 작은 행복을 맛보고, 지난 2,000년 동안 줄곧 이어져 내려온 농경시의 리듬에 동참하는 것이 근사하고 부러움을 살 만한 행복처럼 여겨졌다. 물론 나만 행복한 것으로는 부족하다는 것을 일찍이 체험해보고 알았지만 말이다. 마치 잘 익은 밤이 나그네의 모자 위로 떨어져 그저 벗겨 먹기만 하면 되는 것처럼, 아, 이제 이 소중한 행운이 다시 한번 내게 찾아왔다. 예상치 않게 집을 갖고 정착하게 되었고, 주인은 아니지만 임대인으로서 평생 한 뼘 땅을 갖게 되었다!

바로 그 땅에 얼마 전에 우리는 집을 지어 이사했고, 이제 풍부한 경험을 토대로 다시 한번 살짝 농부의 삶을 시작하게 되었다. 하지만 이 생활에 열정적으로 분주하게 몰두하기보다는 여유를 갖고, 일보다는 휴식을 더 많이 찾으며, 숲을 개간하고 식물을 재배하기보다는 가을 장작불의 푸른 연기 곁에서 꿈을 꿀 것이다.

어쨌든 산사나무를 심어 멋진 울타리를 만들었고, 여러 가지 관목과 수목, 다양한 화초를 심었다. 비할 데 없이 아름다운 늦여름과 가을 대부분을 풀밭과 정원에서 아직 어린 산울타리 나무를 손질하거나 이듬해 봄을 위해 채소밭을 갈거나 길가의 풀을 베거나 샘 주변을 청소하는 등 잔일을 하며 보냈다. 그리고 이런 자질구레한 일을 하면서 흙 위에 불을 지피고, 잡초와 마른 나뭇가지, 울타리 손질에서 나온 산사나무 가지들, 시들어버린 녹색과 갈색 밤송이를 모아 태웠다.

살다 보면 어렵고 슬픈 일들이 많지만, 그래도 때때로 충만함과 만족감을 주는 행복한 일이 생긴다. 그런 행복은 오래가지 않아도 괜찮다. 잠깐이지만 아름다운 향기가 난다. 정착할 수 있는 고향이 생긴 기분, 꽃과 나무와 땅과 샘과 친구가 된 기분, 한 뼘 땅과 50여 그루 나무들과 화초와 무화과나무와 복숭아나무를 책임지는 기분이다.

아침마다 아틀리에 창 아래로 양손을 뻗어 무화과나무 열매 두세 개를 따 먹은 다음 밀짚모자와 바구니, 가래, 호미, 가위 등을 챙겨 가을 정원으로 나간다. 울타리 곁에 서서 1미터가 넘게 자라 울타리를 위협하는 메꽃, 여뀌, 속새, 질경이 같은 잡초를 베어 산더미처럼 쌓아올린 뒤, 땅 위에 장작 몇 개를 쌓아 불을 피운다. 그 위에 푸릇한 풀을 던져넣으면 서서히 불이 옮겨붙는다. 푸른 연기가 부드럽고 끊임없이 샘물처럼 넘쳐흘러 황금색 뽕나무 머리끝을 휘감고 호수와 산과 공기의 푸르름 속을 떠돌다 사라지는 것을 바라본다.

근처에서 이웃 농부의 귀에 익은 소리가 들려온다. 샘 근처에서 빨래하는 나이 든 두 아낙은 "정말 그렇다니까!" "세상에, 설마!" 등 감탄 섞인 추임새와 맞장구를 넣어가며 이야기꽃을 피운다. 골짜기 밑에서 맨발의 귀여운 소년이 올라온다. 알프레도의 아들 툴리오다. 툴리오가 태어난 해를 떠올려본다. 당시 나는 이미 농부로 산 지 꽤 되었고, 이제 아이는 열한 살이 되었다. 소년의 색이 바랜 자주색

셔츠가 호수 풍경과 잘 어울린다. 소년은 회색 암소 네 마리를 이끌고 가을 초원으로 가는 중이다. 소들은 코에 와 닿는 모닥불 연기를 솜털이 보송보송한 발그레한 주둥이로 확인해보려는 듯 숨을 들이쉬다가 저희끼리 서로 머리를 맞대거나 뽕나무 줄기에 문지른다. 스무 걸음쯤 걸어가 포도나무 덩굴에 멈춰서서 포도를 따 먹으려다 어린 목동에게 제지당한다. 어슬렁어슬렁 걸어가는 소들의 워낭 소리가 풍경 소리처럼 길게 이어진다.

여뀌를 계속 뽑아버린다. 불쌍해 보이지만 내게는 정원 울타리가 더 소중하다. 잡초를 뽑는 내 손 아래로 축축한 땅에 의지하며 살아가던 여러 식물과 동물의 삶이 드러난다. 연갈색의 아름다운 두꺼비가 내 손을 피해 옆쪽으로 물러나며 목을 잔뜩 부풀리고서 나를 응시하는데, 그 눈이 보석 같다. 짙은 회색 메뚜기가 파란색과 벽돌색 날개를 펴고 높이 날아오른다. 딸기 덤불은 들쭉날쭉 돋아난 작은 잎들을 뻗으며 자라고 있다. 노란 별 모양 꽃받침에 작고 하얀 꽃이 한 송이 피었다.

툴리오는 암소들한테서 눈을 떼지 않는다. 그는 열한 살 소년이고 게으름을 모르지만, 충동적인 사춘기에 접어들었다. 그는 이제 가을의 공기를 맛보고, 여름이 지나간 후의 권태와 수확 후의 나른함을 느끼며, 겨울의 휴식을 꿈꾼다. 소년은 조용히 느릿느릿 걷다가 가끔 십여 분씩 한자리에 멈춰서서 영리해 보이는 갈색 눈으로 자주색 산허리 밑의 하얗게 반짝이는 마을과 푸르른 땅을 바라본다. 또 가끔 생밤을 한참 깨물다가 다시 멀리 던진다. 마침내 그는 풀밭에 누워 버들피리를 꺼내 살짝 불어보더니 이런저런 선율을 시험해본다.

버들피리는 두 가지 음색을 내는데, 그 두 가지 음색만으로도 충분히 여러 가지 선율을 연주할 수 있다. 목질 부분과 껍질 부분에서 나는 소리로 주위의 푸릇푸릇한 풍경, 붉게 피어오르는 가을, 졸린 듯 느릿느릿 뻗어가는 연기, 먼 곳의 마을, 희미하게 반사되는 호수를 노래하기에 충분하고, 암소와 우물가의 아낙네들, 갈색 나비들과 붉은 패랭이꽃도 음악으로 표현할 수 있다.

피리의 선율이 오르내린다. 옛날 베르길리우스도 호메로스도 이 소리를 들었을 것이다. 피리의 선율로 신에게 감사하고, 땅에 찬사를 보낸다. 쌉쌀한 사과, 달콤한 포도, 딱딱하게 여문 밤송이를 노래하고, 파란색과 붉은색, 황금색으로 물든 골짜기의 화창함, 멀리 높은 산들의 고요함을 찬미한다. 도시 사람들은 도저히 이해할 수 없는 생활을 표현하고 찬양한다. 그것은 도시 사람들이 생각하는 것만큼 거칠지도 않고 평온하지도 않지만, 잃어버렸다가 다시 찾은 고향처럼 정신적인 인간과 영웅적인 인간의 미음을 가장 깊은 곳까지 끌어당긴다. 이런 것이야말로 가장 오래 이어져온 소박하고 경건한 생활이기 때문이다.

땅을 경작하는 사람들의 일상은 부지런함과 노동으로 가득 차 있지만 성급함이나 걱정 따위는 없다. 그 생활의 밑바탕에는 경건함이 있고, 대지, 물, 공기, 사계의 신성함에 대한 믿음이 있으며, 식물과 동물의 생명력에 대한 확신이 있다.

버들피리에서 흘러나오는 선율에 귀를 기울이면서 다 타들어간 모닥불 위에 풀잎을 얹으며 내내 그렇게 서 있고 싶다. 아무런 소망도 없이 고요한 기분으로 황금색 뽕나무 가지 너머로 온갖 색채로 가득한 풍요로운 풍경을 바라보고 싶다. 얼마 전까지 여름의 이글거리는 뜨거운 바람에 휘말렸고, 이제 머지않아 겨울의 눈과 매서운 바람을 맞게 될 테지만, 지금 이 자연의 풍경이 영원히 고요할 것처럼 빛난다.

어린 시절 동화처럼

멀리 어둠이 깔린 정원은 얼마나 아름다
웠던가! 아름다운 여인에게 반하듯, 얼마나 빨리 그 아름
다움에 매료되었던가! 나는 정원과 사랑에 빠졌다. 내가
정원을, 정원이 나를, 서로 간절히 열망하기를 원했다. 얼
마나 오랫동안 정원 없이 살았던가! 얼마나 오랫동안 기
차와 호텔을 집 삼아 살았던가!

밤 9시경, 깊은 밤은 아니지만 작은 마을은 벌써 잠이
든 것 같았다. 더는 참지 못하고 방에서 뛰쳐나가 계단을
내려가 집 밖으로 달려나갔다. 분수가 솟는 작은 광장을
지나 좁은 골목을 통과하고 다시 좁은 골목 하나를 더 지
나갔다. 쥐죽은 듯 고요한 정적 속에서 내가 정신없이 달
려가고 싶은 그곳, 정원이 있는 골목을 수색하기 시작했
다. 어쩌면 담장에 문이 있을지 모르니 찾아보고 싶었다.

문은 없었다. 아무것도 없었다. 안을 들여다볼 수 있는 작은 구멍조차 없었다. 그것을 확인하고 나니 정원을 향한 열망이 더욱 강렬해졌다. 담장에서 울퉁불퉁한 부분을 찾아냈고, 그곳에 발을 딛고 풀쩍 뛰어올라 담장 꼭대기에 아슬아슬 걸터앉았다가 결국 정원으로 내려갔다.

양손으로 부드러운 풀을 만지고 잔가지들을 쓰다듬었다. 기이한 향이 났다. 아주 오래전 어렸을 때 오래된 물건에서 맡았던 그런 냄새였다. 오, 오래된 추억의 이 향! 옛날 냄새가 났다. 어머니와 할머니 냄새가 났다.

냄새는 나와 세계를 멀리 추억의 한복판으로 데려갔다. 나는 이곳, 이 정원에 존재하는 게 아니라, 절대 죽지 않는 과거 원시림 속에 있었다. 흙냄새를 맡았다. 흙은 유년 시절 꽃밭의 소식을 전해주었다. 꼬마였던 나는 화분에 앵초꽃을 심었고, 향기 나는 흙을 꾹꾹 눌렀고, 물을 듬뿍 주었다. 태어나 처음으로 뭔가 살아 있는 것, 내게 속한 것, 자랄 수 있는 것, 검은 흙 속에 뿌리를 내려 먹고 마시는 생명을 심었다. 나도 뿌리를 내리고 흙을 마시고 원시 세계를 먹고 생명이 활기차게 자라는 어둠 속에서 싹을 틔웠다. 시간과 형체가 어둠에 잠겼다. 모두가 시작이었고, 모두가 싹을 냈다. 아직 인간도 식물도 없었다.

어떤 외침이 나를 혼돈에서 깨웠다. 조용히 흙을 밟는 발소리에 놀라 거북이 한 마리가 깜깜한 어둠 속으로 도망쳤다. 거북이는 벌써 사라졌지만 내 안에서 새로운 문이 열렸다. 유년기부터 찾았고 도망쳤던 새로운 낭떠러지, 으스스하면서도 매혹적인 서늘한 세계, 끈적거리면서 매끄러운 표면, 낯선 것들, 거북이와 뱀, 으스스한 감정, 깊은 호기심, 위험과 금지된 일에 대한 두려움. 암울한 감정의 세계가 유년 시절의 상상에서 시작되어, 원초적 암울함의 무서운 낭떠러지에서 거룩하면서 두렵고, 창조적이면서 치명적인 태초의 혼돈으로 다시 나를 이끌었다.

내 앞길을 막는 나무, 무릎을 스치는 키다리 풀, 잡초가 무성한 길, 돌보지 않은 원형 화단, 나방, 귀뚜라미. 작은 관목의 잎사귀와 바람의 일렁임. 모두가 서로 관련을 맺었고, 나를 깨우고 추억하게 하고 흥분시키며 점점 더 마음 깊은 곳으로 안내해 무형의 세계로 데려갔다. 그 순간 혼돈과 창조 같은 신화의 단어들, 선사시대와 발전 같은 이성의 단어들이 기본적으로 따로따로 떨어져 있지 않고 동시에 서로 겹쳐 있음을 이해했다. 원시 세계는 오늘보다 오래되지 않았고, 과거도 아니었다. 원시 세계와 오늘은 동시에 존재했다.

나는 이 정원을 다르게 상상했었다. 이제 그것은 할아버지 문화의 아름답고 감동적인 결과물이 아니라 마법의 공연장, 원시림, 유령의 무대다. 숲과 사원, 골목과 방, 초원과 기차역, 세계 어디든, 어떤 장소든 이 정원처럼 될 수 있다. 매 순간 우리는 원시림, 신화, 무한대로 들어갈 수 있다.

그러나 그런 일은 드물게 일어나고, 마법은 드물게 우리를 찾아온다. 나는 나방과 함께 하늘을 날아 인도 숲을 지나가고, 나뭇잎 냄새에서 유년 시절의 동화로 빨려 들어간다. 말을 타고, 학교 책상에 앉고, 나무 꼭대기와 배의 돛에 올라 내 무게를 가늠하고, 극락조를 추적하고, 괴물에게 쫓긴다. 노인도 되었다가 청년이 되기도 하고, 난쟁이가 되었다가 거인도 된다. 정원에서는 아무것도 보지 못했다. 너무 빽빽하게 들어찼고, 너무 많은 세계가 그 안에 있었다. 너무 많은 시대가 담겨 있었고, 도시와 꽃, 별과 눈 덮인 산이 너무 많았다.

정원에서 보낸 시간

아침 7시쯤 방을 나와 제일 먼저 밝은 테라스로 간다.

그곳에선 어느덧 잠을 깬 불타는 태양이

무화과나무 그늘 사이로 거침없이 파고들고,

거친 화강암 난간에 벌써 따스한 온기가 감돈다.

여기 나의 연장들이 놓여 나를 기다리고 있다.

하나하나 친숙하고 다정한 동무들이다.

둥근 바구니는 잡초를 모을 때 쓴다.

손잡이가 짧은 곡괭이는 나무 손잡이와 쇠 사이에

신발에서 떼어낸 가죽 한 조각을 덧대었다.

나이 많은 티치노 주민이 일러주기를,

그렇게 하면 습기가 차도 나무가 벌어지지 않아 오래 사

용할 수 있단다.

이쪽에는 갈퀴가 하나 있다.

가끔 곡괭이와 삽이 나란히 있을 때도 있다.

물뿌리개 두 개에는 햇빛을 받아 따뜻해진 물이 담겨
있다.

바구니와 작은 곡괭이를 손에 들고

햇빛이 나는 쪽으로 나의 아침 길을 간다.

이미 꽃잎이 시들어 볼품없이 된 장미 덤불을 지나서

덩굴장미가 화강암을 뒤덮은 계단 근처,

온갖 꽃들과 풀들이 뒤엉켜 있는 꽃밭으로 향한다.

글라디올러스, 금낭화, 진짜 재스민꽃이

흐드러지게 피어 있고,

나탈리나가 선물한 냉이와 해바라기도 피어 있다.

꽃들은 바람의 위험에 노출되어 있다.

날씨가 궂을 때마다

알프스에서 뜨거운 바람이 불어올 때마다

꽃들을 생각하며 마음을 졸이지만

그럼에도 꽃들을 여기에 심은 이유는

사랑하는 꽃을 가장 자주 마주할 수 있는 곳이 바로 이
곳이기 때문이다.

지난해까지만 해도 이곳에는 낯선 식물이 있었다.

열 살 난 사내아이와 맞먹을 정도로 큰 선인장이

계단 근처에 서 있었다.

몇 해 동안 선인장은 잘 버티며 강인하게 자랐고

가시로 잔뜩 무장한 채 가지를 뻗었다.

주변의 온갖 이웃 식물들은 몸을 피해

그저 발치에 낮게 자리를 잡았다.

어디서 날아왔는지 모를 갈색 난쟁이 클로버.

선인장은 이 난쟁이 친구를 받아주었고

아주 흡족해 보였다.

그러나 눈이 많이 내린 지난겨울에

통통한 선인장 가지가 여러 군데 꺾여 부러졌고

서서히 상처가 깊어져 속으로 썩어들기 시작했다.

작은 풀들만 무성하게 자란,

선인장이 있던 슬픈 빈자리.

낯선 식물이 한때 뿌리를 내렸던 그 자리에

시험 삼아 매발톱을 심었다.

그 자리에 지나치게 햇볕이 많이 내리쬐지 않기를 바
란다.

매발톱의 고향은 어두운 숲이니까.

고개를 끄덕이며 지나가다가 불과 몇 걸음 안 가 집 앞
자갈밭에서 다시 몸을 굽힌다.

어린 잡초 두세 포기가 자갈 틈새에서 피어나

벌써 노란빛을 띠고 있다.

무화과나무와 뽕나무에서 일찌감치 떨어진 잎사귀들.

나는 그것들을 치운다.

그러면 정원이 깨끗해질 것 같다.

집 주변을 두 배로 더 깨끗이 유지하고 싶다.

자갈이 깔린 공터와 장미 화단과 회양목.

회양목에서부터 정원이 제대로 시작된다.

포도 덩굴을 지나 비탈진 풀밭을 내려간다.

밀짚모자를 깊숙이 눌러쓰고서

정갈하게 누운 돌계단을 한 칸 또 한 칸 내려가면

어느덧 집은 사라져 보이지 않고

잘 정돈된 회양목만이 찬란히 빛나는 하늘을 향해 솟
아 있다.

정원이 나를 반기고 가파른 포도밭이 나를 받아들이면

어느덧 생각은 집, 아침 식사, 책, 우편물, 신문에서 멀
리 떠난다.

잠깐 먼 곳의 푸른빛이 내 눈길을 끈다.

햇빛을 받아 반짝거리는 호수 위로 뻗은 산들을 바라보
라고 유혹한다.

아침이 되면 산들은 부드럽게 햇빛에 반사된다.

태양은 하늘 한복판에 점점 가까워지며

더 분명하고, 더 거대하고, 더 현실적으로 변한다.

저녁 무렵이면 따사로운 햇살이 현혹하듯 다가와 바위와 숲과 마을을 황금빛으로 물들인다.

지금은 아침이라

산등성이의 굵은 윤곽과 정상만 보인다.

앞쪽은 푸른빛이 감도는 회색이고 뒤쪽은 밝게 빛나며 점점 밝아지고 옅어지다가 은빛이 된다.

눈부신 동쪽에서 시선을 돌리자

땅에서는 정원 주인과 관리자들이 일과를 시작한다.

이쪽 딸기밭에서 어린 덩굴을 살피고

딸기 덩굴 사이 여기저기서 자라난 잡초를 찾아

꽃 피기 전에 얼른 뽑아 없앤다.

무수한 씨앗이 주변에 뿌려져 퍼지기 전에 없애는 게 가장 좋다.

길은 좁고 산 쪽을 향해 지그재그로 구부러져 있어 조심해야 한다.

특히 폭우가 쏟아진 뒤에는 어떻게 버텨냈느냐에 따라 골칫거리가 되기도 하고 기쁨을 주기도 한다.

흘러내리는 빗물이 길 옆으로 난 고랑을 통해 얌전히 풀
숲으로 빠지거나

아니면, 종종 겪듯이, 쏟아지는 폭우에 놀라

위태로운 경사진 둑 쪽이 주저앉기도 한다.

그럼 구르는 자갈과 모래가 풀 위에 쌓이고

그 사이로 난 길에 들쭉날쭉 틈새가 생겨 깊게 파이고
벌어진다.

여기 좁은 땅에는 포도나무 외에는 달리 심을 만한 식
물이 없다.

그곳은 너무 가파르고

샘에서 멀리 떨어져 있으며

포도 덩굴에 가려 그늘져 있다.

그래도 사람들은 이 척박한 땅에서 뭐라도 수확하려 애
쓰며

작달막한 콩, 딸기, 양상추나 완두콩을 심는다.

몇 해 동안 나를 위해 충직하게 일해준 성실한 가정부
나탈리나는

은퇴 후 더는 부엌일을 하지 않아도 되자

여기에, 가장 좋고 넓은 땅을 골라

자신의 텃밭을 만들었다.

그리고 정성껏 돌보며

양철 솥에다 집토끼의 분뇨와 재를 담아와 땅에 거름으로 주었다.

텃밭 가까운 길에는 해마다 여러 가지 꽃을 심었는데

사람들이 날마다 그 가파른 길을 자주 오고가기 때문이다.

강낭콩과 완두콩과 양배추가 이미 갈색으로 말라버렸을 때도

텃밭 가장자리에 핀 꽃들은 여전히 텃밭의 물을 빨아들이며 버틴다.

백일홍, 붉은 오랑캐꽃, 금어초, 니겔라꽃의 신선한 향기가

건조하고 갈라진 경사면을 경쾌하게 만든다.

그 곁을 스쳐지나 외양간이 있는 쪽으로 내려간다.

이제는 외양간이 아니지만,

예전에 외양간이어서 지금도 그렇게 불린다.

문이 열리는 일이 거의 없는 외양간 안에는

상자와 병을 비롯하여 온갖 잡동사니가 들어 있고

그 너머 탁 트인 공터에는

난로에 불을 지필 장작과 말뚝으로 쓸 막대가 한 아름

씩 쌓여 있다.

그 근처 헛간에는 로렌초의 여러 도구가 잘 보관되어
있다.

그는 봄이 되면 포도 덩굴을 보살피고 자르고 묶어주고

여름에는 물을 주고 가지를 받쳐주고

늦가을과 겨울에는 거름이 필요한 포도나무에 소 분뇨
를 부어준다.

헛간은 정원의 중심이자 만남의 장소다.

여기서부터 평평한 땅이 한참 이어진다.

가파른 경사지에 붙은 이 특이한 평지에서는

나무도 포도 덩굴도 기교를 부리며 머리를 잘 써야

간신히 설 자리를 얻는다.

비록 작고 좁지만 그래도 평평해서 반가운 이 땅에

우리는 채소를 기르고

남자든 여자든 누구나 날마다 하루의 일부를 보낸다.

집에서 멀리 떨어져 푸른 숲에 가려진 이 작은 땅을 우
리는 소중히 여긴다.

이 작은 땅은 무척이나 유익하고 결코 작지 않은 가치
를 지니고 있다.

이방인은 거의 알아차리지 못해도 (누구나 다 그 가치를

알아볼 수 있는 건 아니다.)

우리는 그 가치를 감사한 마음으로 인정한다.

헛간 옆 한 뼘 땅은 저 위에 솟은 집에 비하면

화려하지도 대단하지도 않다.

집은 전망이 훌륭하여 저 멀리 호수 골짜기가 보이고

북쪽으로는 높은 산맥이 보인다.

집 주위로 장미꽃이 만발하고 회양목이 빙 둘러 자리
를 잡고 있어

방문객들은 찬사를 보내며

이 산봉우리는 이름이 무엇이고

저 산봉우리는 이름이 무엇이냐고 묻는다.

하지만 여기 헛간 옆은 다르다.

벗이여, 여기 있으면 높은 곳에 떠 있는 것 같고

호수 골짜기와 저 먼 곳까지 발아래 둔 기분이 들지 않
는가?

"거의 포르레차까지" 보일 정도이니 방문객들이 감탄하
는 소리가 들리지 않는가?

이곳은 농부의 땅으로, 궁전 대신 헛간이 있는 곳이다.

동쪽에서는 장미와 포도가 자라고

그늘을 만들어주는 배나무에는 10월이면 맛 좋은 배가

열릴 것이다.

배나무 발치에 흩어져 핀 몇 송이 꽃들도 미소 짓는다.

가끔 에메랄드빛 도마뱀이 햇볕을 쬐며

파란 공작 같은 목을 내놓고 잔뜩 부풀린다.

남쪽 벽엔 재작년에 만들어놓은 묵은 퇴비가 쌓여 있다.

검고 보드라운 흙은 나의 보물이다.

그곳을 치장하려고 해마다 그 위에 해바라기 몇 그루를 심는다.

해바라기는 바람에 구부러진 줄기 위로 무거운 머리를 숙이고

영양이 풍부한 흙에 더 가까이 다가가려 애쓰다가 시든다.

가을이 되어 새들이 날아와 씨앗을 파먹고

폭풍에 줄기가 꺾이면

한때 욕심 많고 기운이 넘치던 해바라기는

피곤에 지쳐 굴복하듯

자신을 기다리고 있는 땅으로,

새로운 생명의 순환을 향해 몸을 구부린다.

자라서 꽃을 피우는 것들은 경이롭다.

그것들은 단 한 해에,

사실은 그보다 더 짧은 겨우 몇 달 안에

싹이 나서 죽기까지 모든 생명의 단계를 마쳐야 할 운명이다!

봄이 되면 우리는 마치 어린아이들을 바라보듯

새 생명이 서로 재촉하며 자라는 모습을 즐겁게 바라본다.

어딘가 어수룩해 보이지만 감동적이고

기묘하고 순수하면서 동시에 탐욕스러운 꽃의 얼굴을 바라본다.

그리고 늦여름 어느 날,

어린아이처럼 보였던 꽃이 신기하게도 갑자기 다른 모습으로 보인다.

비밀을 가득 담은 듯, 나이 들어 지친 듯,

그러면서도 뭔가를 일깨워주려는 듯,

놀랄 만큼 성숙한 얼굴로 도도하게 미소 짓는다.

이때도 해바라기의 황금처럼 빛나는 머리는 계속 반짝거린다.

정원 길 저편 키 작은 채소들 틈에서

우연히 씨가 떨어져 자라난 것들이 존재감을 드러낸다.

모두가 살아남지는 못하겠지만

그래도 양분을 주며 기꺼이 보살핀다.

이제 여기 우리가 가지고 있는 보물을 살펴볼 차례다.

헛간 옆, 돌이 깔린 깨끗한 길을 따라가다 보면

나무 뚜껑을 덮어놓은 깊고 넓은 물통이 나온다.

숲 근처에서 흘러나와 이 물통에 가득 채워진 샘물로

목초지를 적시고 호두나무의 발도 적신다.

몬타뇰라〔헤세가 노년을 지낸 스위스의 작은 마을〕 주민은

그 샘물이 특별하다 여긴다.

여름에는 시원하고 겨울에는 미지근하며,

풀과 사람에게 시원하고 산뜻한 음료가 된다.

물통에는 샘과 이어주는 호스가 있다.

저쪽 더 멀리 떨어진 곳에 물통이 하나 더 있는데

초원 기슭에서 솟던 샘물을 아무도 쓰지 못하고

그냥 흘러내려 보내던 시절에

우리가 가져다놓은 것이다.

이제 우리는 물통에 고여 있는 살짝 따끈해진 샘물을 물뿌리개에 가득 담아

더위에 갈증을 느끼는 식물들에게

수백 번이라도 넉넉히 나눠줄 수 있다.

이곳 평평한 채소밭 양쪽에는 포도 덩굴이 진을 치고

있는데

햇빛을 너무 많이 가로막는 남동쪽 덩굴은

점차 말라 죽게 할 작정이다.

다른 쪽 채소밭은 포도 덩굴과 복숭아나무가 줄지어 서 있어 시원한 그늘이 이어진다.

거의 모든 씨앗을 뿌리고 가꾸는 건 여인들이지만

가끔 나도 여기서 조금은 쓸모가 있다.

일거리가 많으니까.

그리고 집안 살림을 하는 주부는 정원 일 말고도 할 일이 잔뜩 쌓여 있다.

부엌에도 할 일이 많고, 빨래도 해야 한다.

방문객이 찾아오고, 초대받은 손님도 온다.

그런 일과는 늘 피곤하다.

멋지게 일렬로 늘어선 채소밭 사이를 쭉 살펴보니

정말로, 썩 괜찮아 보인다.

솜씨 좋은 농부의 아낙네나 정원사의 아내도 이보다 더 잘 보살피지는 못하리라.

싱싱한 당근들이 말끔하게 줄지어 있다!

먹을 때는 대수롭지 않게 여겼지만,

정원에서 보니 당근은 결코 빼놓을 수 없는 채소다.

무성한 잎은 연하지만 강한 향기를 풍긴다.

멋진 날갯짓으로 종종 우리를 매료시키는

고귀한 산호랑나비의 초록 애벌레가 당근 잎으로 다가
온다.

당근 잎의 향기를 맡으면 어린 시절이 떠오른다.

그때 여름이면 당근 잎을 따서 애벌레들을 먹였고

단단한 빨간 당근을 이로 잘게 씹어서 주기도 했다.

먼 옛날의 소년이여! 너 역시 정원의 즐거움을 맛보며

가을처럼 우수에 젖은 여러 해를 지나 내게 오는구나.

종종 기억을 되살리며, 나이 들어가는 나의 가슴을

달콤하면서도 씁쓸하게 적시는구나.

여기저기서 잡초들이

통통하고 무성한 당근 잎의 그늘 속에서

슬그머니 살이 찌며 높이 자랐다.

잎 사이로 더듬듯 손을 넣어 기생하는 잡초들의 뿌리
를 찾아

무자비하게 뽑아내 바구니에 던져 넣는다.

여기는 파슬리 밭이다.

이곳 사람들은 '프레체몰로'라고 부른다.

녹색 잎 식물이 모두 시들어 죽고

12월의 눈에 덮여 얼어버리는 겨울이 되고

풀이 모두 사라져버려도

프레체몰로 홀로 충직하게 푸른빛을 간직한다.

로렌초가 나무막대를 세우고

그 위에 지푸라기와 아스파라거스 잎을 덮은 지붕이

보호해준 덕분이다.

많이 생각하고 고심한 끝에 올해 처음으로

채소밭을 한 군데 더 넓혔다.

몇 걸음 정도 넓이로 풀밭의 잡초를 뽑아냈고

로렌초가 삽으로 흙을 갈아엎고 체로 돌을 걸러냈다.

겨울이 절반이나 남았지만 거름이 될 만한 분뇨를 땅
에 묻었다.

새로 넓힌 밭 한구석에 토마토가 자라는데

해야 할 일이 있어 이제 그곳으로 향한다.

무화과나무 그늘이 솟아오르는 태양에게 자리를 내주
기 전에

일찌감치 일을 끝내고 싶다.

똑바로 줄지어 선 고랑 중 다섯 번째에

내 토마토가 있다.

(굳이 내 토마토라고 하는 건, 내가 그걸 심고 보살피고 있

기 때문이다. 다른 채소들은 아내가 보살피고, 그녀 덕에 살아
있다.)

거의 다 자란 토마토는

즙을 가득 머금고 잎 사이에 팽팽하게 매달려 있다.

비결을 밝히자면,

촉촉하고 부드러운 이탄 찌꺼기에 화학비료를 섞어

뿌리 주변에 꼼꼼하게 뿌려주었다.

한번 해보시라! 효과가 있을 것이다.

방금 말한 것처럼, 토마토가 즙을 가득 머금고 잎 사이
에 팽팽하게 매달려 있다.

마디진 줄기에서 잎들이 사방으로 쭉쭉 뻗어 있고

무성한 잎들 밑 여기저기 그늘 속에는

설익은 녹색 어린 열매들이 두어 개씩 숨어 있다.

머지않아 잎들 사이에서 새빨갛게 익어

여름의 결실을 보여줄 것이다.

그러나 오늘 내 눈길은 토마토 열매가 아니라

줄기를 지탱하는 나무막대로 향한다.

모두 근처 숲에서 가져온 것들로

대개 밤나무 둥치에서 잘라왔지만

더러 아카시아 가지도 있고 물푸레 가지도 몇 개 섞여

있다.

사람 키만 한 것도 있고 그보다 더 큰 것도 있다.

벌써 막대 끝까지 자란 토마토 줄기도 있다.

사람도 그렇듯이, 식물 중에도 특별히 강한 것들이 있기 마련이다.

그것들은 탐욕스럽게 자라면서

곁에서 자라는 다른 식물을 뻔뻔하고 무자비하게 덮어버린다.

사람들은 그 크기와 강인함에 놀라고

무엇으로도 누를 수 없는 그 야심에 금세 웃음이 나기도 한다.

막대가 단단히 곧게 서 있는지 하나하나 점검한다.

그리고 거칠게 마구 자란 것들을 잘라내기 위해

손에 칼을 들고 덤불 사이로 식물들을 살핀다.

그루마다 두세 개만 남기고 다른 가지들은 잘라내고

욕심을 부려 사방으로 마구 뻗어 나간

무성한 잎을 몇 개만 남겨두고 모두 잘라낸다.

지나치게 무성한 이런 잎들 때문에 양분을 낭비하게 되기 때문이다.

그런 다음 호주머니에서 노끈을 꺼내

토마토 가지 윗부분을 잡아 조심조심 막대에 묶어준다.

그러면 그것들은 이제 거침없이 자란다.

닷새마다 새로 묶어줘야 할 만큼 아주 빨리 자라서

내 호주머니에는 늘 노끈이 가득 들어 있다.

끈 대신 식물의 속껍질을 쓰는 사람도 있다.

보기에는 그것이 좋지만 나는 노끈이 더 좋다.

출판사 직원들이 집으로 소포를 보내올 때마다

소포 꾸러미를 묶은 노끈을 모아두기 때문에

노끈이 부족한 적은 없다.

그렇게 토마토 줄기를 하나하나 세심하게 살피는 동안

오전 시간이 지나고 그늘도 사라진다.

땅 위로 후텁지근한 수증기가 피어오르고

내 곁의 바구니 속에 담긴 갓 자른 잎들은 벌써 시들어

쓴 향기를 낸다.

태양은 견딜 수 없이 뜨겁게 내리쬐기 시작한다.

그래서 나는 일을 끝내지 못한 채

뜨거운 열기를 내뿜는 채소밭을 빠져 나와

서둘러 그늘진 곳으로 물러난다.

뽕나무 아래 헛간 근처에서 발견한 그늘.

그곳에 오래전부터 쌓여 있던 잡초더미 위에

바구니에 든 것들을 쏟아버린다.

식물들은 그곳에서 썩어 흙으로 되돌아간다.

그곳은 넓은 뽕나무 잎들이 만드는 그늘 아래 숨겨져 잘
보호받고 있다.

그곳에는 작은 복숭아나무도 한 그루 있는데

내가 직접 심은 나무다.

나뭇가지에 막대를 받쳐주면서 복숭아가 많이 열리기
를 바란다.

저 아래에 채소밭의 경계선 구실을 하는 하얀 가시덤불
이 이어져 있다.

그곳은 들판 쪽으로 조금 깊이 들어가 있어서 사람들이
잘 다니지 않는 길이지만

가끔 풀밭에 쪼그리고 앉거나 서 있으면

저 아래로 지나가는 사람들이 보인다.

아무도 나를 엿보려 하지는 않을 테니

나는 안심하고 혼자 공상에 잠긴다.

아낙네 두어 명이 친근하게 이야기를 나눈다.

간밤에 폭풍이 휩쓸고 간 뒤

떨어진 나뭇가지를 주워 모으려고 일찌감치 숲을 찾은
것이다.

아낙네들은 무거운 장화를 신고

나뭇가지를 넣을 망태를 등에 메고

자주 걸음을 멈추고 잡담하며 웃기도 하고 투덜거리기
도 하면서

이런저런 이야기를 나누며 천천히 지나간다.

어떤 이야기는 잘 들리고

어떤 이야기는 주위 나무에 부딪쳐 희미하게 사라진다.

그러다가 부러진 나뭇가지의 메마른 소리만 들려온다.

가끔 살아 있는 나무의 어린 가지를 치는 소리도 들리
지만

나는 아무 말도 하지 않는다.

한 아낙네는 엉큼하게도 단단히 무장하고

사람의 발걸음이 뜸한 아침에 벌목이 금지된 이 나무 저
나무의 가지를 쳐내고

때로는 어린나무의 둥치마저 잘라버린다.

땔감을 더 많이 모으기 위해서다.

찬미하노라, 너, 녹색의 은신처여,

나무 그늘 속에 피어난 잡초더미여,

많은 시간 나의 정든 은신처 주위에

여름의 뜨거운 열기가 마구 날뛰고 숲의 새들도 침묵

을 지킬 때면

우울하거나 고통스러워 또는 일이 잘못되어 방에서 뛰쳐나오거나

짓궂은 사람이 보낸 불쾌한 편지에 화나고 속상했을 때

아, 너, 푸른 은신처는 늘 선량하고 흔쾌하게 나를 맞아주었고

몇 시간씩 신성한 고요 속에 나를 숨겨주었다.

숲에서는 딱따구리의 울음소리조차 들려오지 않았다.

이 숲의 품에 안겨 많은 꿈을 꾸고 생각에 잠길 수 있었고

깊은 명상의 행복을 마음껏 누릴 수 있었다.

이곳에서 때로는 한가로이, 때로는 부지런히 일하며

소리 없이 정원과 포도밭 정글을 지나가는 사자를 만난다.

나의 친구이자 어린 동생인 고양이다!

녀석은 나무 위에서 친근하게 야옹거리며 머리를 숙이고는 내 몸에 제 몸을 비벼댄다.

그리고 애원하듯 나를 쳐다보다가 땅 위로 뛰어내려

눈처럼 흰 배와 목을 보여주며 나더러 함께 놀자고 조른다.

어떤 때에는 내 어깨를 겨냥하여 정확하고도 재빨리 뛰어내려서는

몸을 비비고 조용히 가르릉거리며 한참을 머물지만,

또 어떤 때에는 조용히 스쳐 지나가며 잠시 인사만 건넨다.

고양이는 숲에서 해야 할 수많은 일을 생각하며

우아한 걸음으로 사라진다.

사자라 불리는 이 작은 고양이는 태국 원산의 샴고양이 수컷이다.

동생도 한 마리 있는데 어릴 때에는 더없이 귀여웠고

목과 배가 노르스름한 갈색이라 호랑이로 불렸다.

두 형제는 한 그릇에서 같이 먹고 한 보금자리에서 같이 지낼 정도로

다정하고 떼어놓을 수 없을 만큼 친했다.

그러나 요즘엔 가혹할 정도로 서로 적대시하고 있다.

다 자란 수컷의 열정과 질투가 둘을 갈라놓았다.

이제 나도 그곳에서 도망쳐 왔다.

햇볕에 달아오른 목덜미가 뜨겁고

등이 피로하고 눈이 뻑뻑하여

정오가 될 때까지 유희를 즐기듯 쉬운 일을 하면서
원기를 회복할 생각이다.

먼저 다루기 쉬운 작고 둥근 체를 헛간에서 가져오고
불쏘시개와 종이도 한 줌 가져온다.

이곳에 머물 때면 늘 불을 지피기 때문이다.

불을 좋아하는 성향의 유래와 뿌리는 여럿인데
불 피우는 일을 즐기던 소년 시절부터
아벨이나 아브라함이 희생제물을 바치던 관습으로까지
거슬러 올라간다.

미덕이든 악덕이든 모든 관습은 전생에 뿌리를 두기 때
문이다.

그리고 그것은 저마다 특별한 의미를 지닌다.

예를 들어 나의 경우,

불은 (물론 불은 많은 의미를 갖고 있지만) 신에게 봉사하
는 화학적 요소이자 상징적인 숭배의식을 의미한다.

다양함이 단일함으로 회귀하는 것이다.

불을 지필 때 나는 사제이자 종으로서 의식을 집행하
고 참여하여
나무와 잡초를 재로 변하게 하고,
죽은 것들이 빨리 사라져 속죄하도록 돕는다.

내 안에서도 종종 명상 속에서 속죄의 발걸음이
여럿에서 나와서 하나로 되돌아가고 신 앞에 순종한다.
그렇게 연금술의 정련 과정을 거친 제물은
불 속에서 뜨겁게 달궈졌다가 차갑게 식으며
화학적 변화에 순응하고 초승달과 보름달을 고대한다.
그리하여 가장 고귀한 물질, 현자의 돌로 변하는
신성한 일이 일어나는 동안
경건한 연금술사는 자신의 마음속에서 똑같은 과정을
실행하여
자신을 숭고하고 순수하게 만들고
자기 안에서도 화학적 변화를 일으킨다.
명상하며 깨어 있고 금식하면서
의식이 끝날 때까지, 며칠 또는 몇 주 후,
도가니 속 금속과 똑같이 영혼의 독을 제거하고
감각을 정화하여 신비한 합일을 준비한다.
오, 벗들이여, 이제 나도 미소 지으며 너희를 본다.
너희도 아마 미소를 지을 테지,
땅에 웅크리고 앉아 불씨에 부채질하며 불을 피우고 숯
을 굽고
고독한 꿈과 고뇌를 즐기는 어린아이 같은 유희를

비유로 장식하고 가슴에 품는 나를 보며.

다정한 벗들이여, 너희는 아느냐,

그것이 무엇을 뜻하는지를.

내가 나의 시를 어떻게 이해하는지를.

이것은 미화가 아니라 그저 고백이며

너희는 그렇게 나의 환상을 이해해준다…….

그래서 나는 그늘에 쪼그리고 앉아

잡초더미와 담벼락 사이에 불쏘시개를 문지르고

종이에 불을 붙여 타오르게 하고

간간이 지푸라기나 나뭇잎을 그 위에 뿌리고

그다음 한 번 더, 처음에는 마른 잎만 넣다가 마지막에는 녹색 잎까지 털어넣는다.

나중에 가을이 되면 넓은 들판에서 활활 타오르는 불길을 사랑할 테지만

지금은 덥기도 하고 나무도 부족해서 (물론 나중에 가을 폭풍이 불면 나뭇가지들이 넉넉해질 것이다.)

조용히 타오르는 자그마한 모닥불을 피운다.

반나절이나 온종일 천천히 연기를 내며 조용히 달아오르는 숯가마가 된 모닥불을 피우려 애쓴다.

아내는 종종 연기 냄새 때문에,

어쩌면 나의 이런 취미 때문에

나를 '숯쟁이'라 부른다.

아내는 물론 다른 취미를 가졌지만,

내 취미를 허용하고

그저 참아주는 것 그 이상이므로

나는 희생의 제를 올리며 아내를 생각한다,

오늘 집 밖으로, 골짜기 너머 시내로, 루가노로 외출한
아내를.

숯쟁이의 여러 믿음 중 하나만 더 고백하자면

흙을 태우는 일을 대단하게 생각한다.

내가 보기에, 오늘날에는 더 이상 흙을 태우지 않는 것
같나.

화학자는 흙을 개선하고 정화하고 비옥하게 하고 중성
화하는

다른 방법을 발견했고,

우리가 살아가는 시대에는 가만히 앉아서

흙을 불태울 시간이 없다.

누가 그 일에 대한 보수를 주겠는가?

그러나 시인인 나는 자제하고 어쩌면 희생하면서 그 값
을 치른다.

신은 그 대가로 내게 그저 이 시대를 사는 게 아니라

종종 시간에서 벗어나 공간 속에서 영원히 숨 쉬게 허락했다.

그렇게 하는 것은 한때 무아지경이나 신성한 광기라 불리며

많은 의미가 있었다.

그러나 오늘날엔 아무 가치도 없다.

시간이 너무나 값비싸 보여,

시간을 아끼지 않는 것은 악덕처럼 여겨지기 때문이다.

내가 지금 말하는 것을

전문가들은 '내향성'이라 부르며

그것을 마치 나약한 자의 행동쯤으로 여긴다.

인생의 의무를 저버리고

꿈속에서 자기만족에 취해 자신을 잃어버린 채

어른이라면 진지하게 생각하지 않을

못된 유희를 즐기는 자의 행동쯤으로 여기는 것이다.

이처럼 사람과 시대에 따라 재산의 가치평가가 다르니

저마다 자신의 것에 만족하면 그만이다.

다시 흙 이야기로 돌아가자!

불을 지피고 숯 굽는 사람에 관해 이야기했는데

그 일을 나는 즐기지만 이 시대에는 유행이 지났다.

불을 피움으로써

흙을 신성하고 비옥하게 만들 수 있다는 믿음이 지배적

이던 시절이 있었다.

예를 들면 내가 존경하는 작가 슈티프터는

정원사들이 다양한 흙을 '태운다'라고 표현했다.

그래서 나도 그렇게 해보려 한다.

태운 쓰레기와 식물, 뿌리들을 모아 흙과 섞으면

일부는 검고, 일부는 희고,

일부는 불그스름하고, 일부는 회색인 재가 생겨

불을 피웠던 바닥에

밀가루나 분가루처럼 쌓인다.

이것을 체로 곱게 치면, 현자의 돌이 걸러진다.

그것은 나에게는 숯을 구운 시간의 성과물이자 값진 열

매다.

이 열매를 작은 단지에 담아 조금씩 정원에 뿌리는데

오직 내가 아끼는 꽃과 아내가 가꾸는 작은 화단에만

이 명상의 불과 번제(燔祭)의 숭고한 성과물을 나누어

준다.

오늘도 나는 중국인처럼 몸을 웅크리고, 밀짚모자는 눈까지 깊숙하게 눌러쓰고

뭉근히 피어오르는 불길에 마른 것과 젖은 것들을 교대로 조심조심 올린다.

여기 큰 더미로 모아놓은 것들이 또 한 번 내 손을 거쳐간다.

채소밭에 기생하는 온갖 종류의 풀과 잡초들,

솎아진 채소와 파란 싹,

그리고 그 사이로 가끔 나무막대와 그 안에 달라붙은 작은 종이 쪼가리도 보인다.

채소밭을 가꿀 기대에 부풀어 씨앗을 주문할 때 쓴 메모지 같다.

오래전에 쓸모없어지고 낡은 것이 되었지만,

마치 고대인들의 지혜와 성스러운 문헌이 오늘날 시대의 흐름과 맞지 않아

사람들의 발에 짓밟히고 이 쓰레기더미처럼 비웃음거리가 되지만

그래도 생각이 깊은 사람들, 한가한 사람들, 몽상가들, 세심한 사람들에게는 값진 것과 같다.

그렇다. 관찰하고 사유하면 인간의 마음을 안정시키고,

열정과 충동을 다스려 사려 깊은 주인이 되게 하는 모든 것들처럼 성스럽다.

그러나 다른 사람들을 계몽하고 세상을 가르치고

이념에서 역사를 만들어내려는 열정과 격렬한 욕망을 자제해야 한다.

이 세상은 안타깝게도,

고귀한 사상가의 이런 충동이

다른 모든 충동과 마찬가지로

결국에는 피와 폭력과 전쟁을 불러일으키기 때문이다.

세계가 거칠고 격렬한 충동에 지배되는 동안에도

현명함은 여전히 현자를 위한 연금술과 유희다.

그러므로 우리는 겸허해져야 한다.

될 수 있으면 충동으로 가득 찬 시대의 흐름에

저 영혼의 고요함으로 맞서야 한다.

그것은 옛사람들이 칭찬하고 노력했던 것이니

우리도 그 미덕을 따라야 한다.

곧바로 세계를 변화시키려 생각하지 말자.

그것도 그런대로 가치가 있을 것이다.

주위는 고요하고 뜨거운 한낮이 무겁게 내려앉는다.

멀리 깊은 골짜기 오솔길에서 손수레 굴러가는 소리,

불길이 가끔 탁탁거리는 소리 외에는

아무 소리도 들리지 않는다.

불길은 뿌리를 바싹 말리며 탐욕스럽게 먹어 들어간다.

조용히 그러나 절대 흥미를 잃지 않으며 나는 땅에 무릎을 꿇고

방금 태운 불에서 생겨난 재를 흙에 섞는다.

따스하고 축축한 퇴비가 쌓여 있던 땅바닥에서

오랫동안 서서히 발효하고 부패한 흙이다.

대충 섞인 혼합물을 손으로 부드럽게 모아 타원형 체에 올려 흔들면,

재가 된 고운 흙이 체 밑에서 고깔 모양으로 자라난다.

그리고 의도하지 않아도

체를 흔들며 규칙적이고 또렷한 박자에 빠져든다.

절대 사그라지지 않는 기억이 그 박자에서 다시 음악을 만든다.

제목도 작곡가도 모르는 그 음악을 흥얼거리다 갑자기 생각이 난다.

모차르트

오보에 사중주곡……

이제 몇 해 전부터 열심히 해온 한 가지 생각놀이가 마음속에 떠오른다.

'유리알 유희'〔헤세의 대표적인 소설로, 주인공 요제프 크네히트가 2400년에 오늘의 세계를 돌이켜보도록 구성된 미래소설〕라고 이름 붙인 참으로 멋진 놀이의 발명으로

그것의 골격은 음악이고, 그 기초는 명상이다.

요제프 크네히트는 음악의 대가로,

그 덕분에 나는 이 아름다운 환상을 알게 되었다.

즐거운 시간에는 이것이 내게 놀이이자 행복이었고

고통과 혼란의 시간에는 위안과 분별을 주었으며

여기 화로 앞에서, 재를 거르는 체 곁에서,

비록 크네히트만큼은 아니지만, 가끔 유리알 유희 놀이를 한다.

체에서 고운 흙가루가 떨어져 점점 더 높이 고깔 모양의 탑을 이루는 동안,

필요할 때마다 그 중간중간에

오른손으로 연기가 피어오르는 화로에 땔감을 넣거나 새 흙을 체에 올리는 일을 기계적으로 한다.

헛간 쪽에서 커다란 해바라기들이 나를 지켜보고

멀리 포도 덩굴 너머에서 한낮의 푸르름이 향기를 실

어보낼 때

　나는 음악을 들으며 지난날의 사람들과 미래의 사람들을 그려본다.

　현자와 시인, 연구자와 예술가가 한마음으로

　수백 개의 성문을 지닌 웅장한 정신의 사원을 세우는 것이 보인다.

　나중에 언젠가 그 사원을 글로 묘사할 텐데

　아직은 때가 되지 않았다.

　조만간 그때가 오거나 아니면 전혀 안 올지도 모른다.

　위안이 필요할 때면 늘

　요제프 크네히트의 정감 넘치고 의미 깊은 놀이 덕분에

　동방 여행자[1932년에 출간된 헤세의 단편소설 〈동방으로의 여행(Die Morgenlandfahrt)〉과 연결된 표현으로 헤세 자신을 가리킨다.]는 시대와 계산에서 벗어나

　성스러운 형제들에게 다가간다.

　그들의 조화로운 합창에 내 목소리가 더해진다.

　귀를 기울여보라.

　짧은 영원의 순간이 요람처럼 부드럽게 나를 흔든 한 시간 뒤,

경쾌한 목소리가 나를 깨운다.

시내에 장보러 갔던 아내가 돌아와 나를 부른 것이다.

나는 얼른 대답하고 몸을 일으키며

마지막으로 한 줌 가득 움켜쥐었던 것을 나의 연금술 볼
속에 던져넣고

재를 거르던 체를 헛간에 갖다 두고

눈 부신 햇살 속을 걸어

구불구불 경사진 자갈밭을 올라 집으로 향한다.

아내를 맞이하고 그녀가 좋아하는 꽃을 위해,

그녀의 양귀비와 난쟁이 참제비고깔을 위해

거름으로 쓰기로 약속했던 검은 재를 한가득 건넨다.

그리고 갑자기 열기와 피로를 느끼며

계단을 올라가 집 안의 서늘한 그늘 속으로 들어간다.

손을 씻자 벌써 아내가 나를 식탁으로 불러

수프를 따라주고 시내에서 들은 이야기를 해준다.

다음번에는 같이 시내에 나가면 좋겠다고 한다.

내 머리가 너무 길어 목덜미까지 내려왔으니 잘라야겠
다며

나도 결국은 사람이지 숲속에 사는 산신령은 아니지 않
냐고 한다.

싫다는 내 대답을 무시한 채 아내는

정원 일은 어땠는지 묻는다.

우리의 대화는 이내 활발해져

오늘 저녁에도 채소밭 전체에나 일부에라도 물을 줘야

할지 의논한다.

(그건 몇 시간씩 걸려 결코 쉬운 일이 아니다.)

아니면 최근 내린 비로 얼마간 물기가 남아 있지 않을

까 이야기하다가

그렇겠지 결론 짓고, 정원 위쪽 샘 근처에서 따온

발그레한 산딸기로 만족스럽게 식사를 마친다.

세상의 내면

어렸을 때부터 기괴한 형태를 가진 자연물을 자세히 뜯어보는 버릇이 있었다. 그냥 겉모습만 관찰하는 것이 아니라, 그것들이 가진 특유한 마력과 까다롭고도 의미 있는 언어에 깊이 빠지곤 했다. 고목처럼 드러난 기다란 나무뿌리, 바위에 혈관처럼 난 색색의 균열, 물 위에 뜬 기름 얼룩, 유리에 생긴 미세한 금. 특히 물과 불, 연기, 구름, 먼지 그리고 눈을 감으면 보이는 빙빙 맴도는 갖가지 빛깔의 무늬에 커다란 매력을 느끼면서 심취했다.

(……)

이런 형상을 세밀히 관찰하고, 불합리해 보이면서 얽히고설킨 기이한 자연의 형상에 몰두하고 있노라면, 이런 이미지를 만들어낸 어떤 의지와 우리의 내면이 하나가 되는 느낌이 든다. 그것들을 우리의 고유한 느낌으로, 우리가 직접 만들어낸 창조물로 여기고 싶은 유혹을 느낀다.

우리는 우리와 자연 사이의 경계가 흔들리고 녹아내리
는 것을 보고, 망막 위에 맺히는 이 이미지들이 바깥의 인
상에서 비롯된 것인지, 아니면 내면에서 생겨난 것인지 알
수 없는 기분이 든다.

우리가 진정한 창조자이고, 우리 영혼이 세계의 끝없이
이어지는 창조에 끊임없이 동참한다는 사실을 우리는 그
어디에서도 이때처럼 간단하고 쉽게 발견해낼 수는 없다.
우리 안에서 활동하는 신성과 자연 안에서 활동하는 신성
은 떼려야 뗄 수 없는 똑같은 신성이다. 그래서 혹시라도
외부 세계가 몰락한다고 해도, 우리 중 누군가가 그 세계
를 다시 세울 수 있다. 산과 강, 나무와 잎, 뿌리와 꽃, 자
연의 모든 형상물의 원형은 우리 마음 가운데에 미리 형성
되어 있는 것으로, 우리가 미처 파악하지 못하더라도 대개
사랑의 힘과 창조력을 통해 감지할 수 있는 영원한 영혼에
서 나오기 때문이다.

불꽃놀이

나를 좋아하는 사람뿐만 아니라 나를 싫어하는 사람까지 모두가 오래전부터 알고 있으면서 질책하는 것이 있다. 내가 기쁨을 느끼지도 못하고 오늘날 인류의 자랑이라 할 수 있는 것들을 믿지도 못한다는 것이다. 나는 기술을 믿지 않고, 진보라는 이념도 믿지 않으며, 우리 시대의 찬란함이나 위대함도 믿지 않고, 그 무슨 '중심 사상'이라는 것도 믿지 않는다. 반면에 '자연'이라고 불리는 것에는 무한한 경외심을 갖고 있다.

그렇지만 내가 감탄해 마지않으며 애정을 갖는 발명품과 자연의 힘을 능가하는 듯한 것들도 더러 있다. 자동차 경주 같은 것은 나를 방에서 1미터도 끌어내지 못하지만, 진정한 음악을 듣거나 진정한 건축물을 보거나 시인이 쓴 시를 들으면 아주 쉽게 순해지고 그런 것들을 만들어낸 인간 정신에 감탄한다.

내가 혐오하고 불신하는 것들을 잘 살펴보면, 그런 것들은 그저 '유용한' 발명품일 뿐이다. 소위 쓸모 있다는 이런 성과물에는 늘 저주받은 침전물이 달라붙어 있고, 하나같이 너무나 천박하고 편협하며 숨 가쁘게 돌아간다. 사람들은 그런 것들이 주는 자극에 휩쓸려 너무나 빨리 허영과 탐욕에 부딪친다.

쓸모 있다고 하는 이런 문화 현상들은 어디서나 추악한 짓, 전쟁, 죽음, 은폐된 비참함 같은 기다란 꼬리를 남긴다. 문명 뒤에 남겨진 온갖 찌꺼기들이 산을 이뤄 지구에는 온갖 쓰레기더미가 쌓여 있다.

쓸모 있는 발명품들 덕분에 구경할 만한 세계 박람회나 근사한 자동차 전시장이 생겨났지만, 그 뒤에는 창백한 얼굴에 보잘것없는 임금을 받는 수많은 광부와 질병 그리고 황폐함이 뒤따른다. 인류는 증기기관과 터빈을 갖게 되었지만, 지구는 끊임없이 파괴되어간다. 그뿐 아니라 노동자와 기업가들의 얼굴에 나타난 일그러진 표정, 쇠약해진 영혼, 파업과 전쟁 같은 인간의 모습을 지켜보아야 하는 그야말로 끔찍하고 혐오스러운 대가를 치러야 한다.

반면에 인간이 바이올린을 발명하고 누군가 피가로의

아리아를 작곡한 것에는 어떤 대가도 치를 필요가 없다. 모차르트 같은 음악가나 뫼리케〔독일의 시인 에두아르트 프리드리히 뫼리케(Eduard Friedrich Mörike, 1804-1875)〕 같은 작가 때문에 대가를 치러야 할 일은 없다. 그들은 마치 햇빛처럼 거의 공짜나 다름없는 존재들이다. 하지만 기술 분야의 회사 직원을 쓰려면 점점 더 비싼 대가를 치러야 한다.

이미 말했듯이 나도 어떤 발명품들에는 큰 경의를 표한다! 특히 쓸모없거나 한가로운 것, 장난이나 낭비에 불과한 것으로 낙인찍힌 발명품들을 어린 시절부터 열정적으로 좋아했다. 이런 발명품에는 음악이나 시 같은 예술작품뿐만 아니라, 다른 여러 가지 것들이 있다. 쓸모가 없으면 없을수록 그것들은 궁색할 때 임시변통으로 이용되는 일이 적고, 사치와 한가로움, 유치한 특성이 강할수록 더 애정이 간다.

인류가 원래 늘 자기가 좋아하는 식으로만 하는 건 아니고, 늘 현실적이거나 유용한 것에만 빠져 있지도 않으며, 아주 탐욕스럽거나 계산적이지만은 않다는 사실을 알게 된다면 멋지고도 묘한 일일 것이다. 나는 최근에서야 이런 사실을 증명해주는 놀라운 경험을 하게 되었다.

내가 사는 호숫가의 작은 도시에서 대규모 불꽃놀이가 벌어졌다. 그 불꽃놀이 행사는 중간의 긴 휴식 시간까지 포함하면 거의 한 시간 동안 계속됐고, 수천 프랑이 들었음이 분명하다. 그것을 바라보면서 속으로 웃었다. 시 당국과 관광협회, 시민위원회가 모두 모여서 뭔가 근사한 것을 보여주려고 했던 그 행사는, 나와 다른 많은 사람을 매혹하기에 충분했지만, 경제학자나 유용성을 중시하는 사람들의 눈에는 분명 미친 짓으로 보였을 것이다. 불꽃놀이를 주최한 사람들은 자신들과 그곳을 찾은 요양객들에게 한 번쯤 아주 재미있는 추억을 만들어주고자 했을 것이다. 그들은 세상에서 가장 멋지고, 가장 쓸모없고, 가장 신속하고, 가장 마음을 들뜨게 하는 방식으로 수천 프랑을 공중에서 날려버리기로 한 것이다. 그리고 그 결정은 확실히 대단한 성공을 거두었다. 정말이지 대단했다.

불꽃놀이는 엄청난 대포 소리와 함께 시작되었다. 그 소리는 전쟁과 살인에 대한 패러디로서, 뭔가를 발명하기 좋아하는 인간이 만들어낸 가장 위험한 힘을 음악적이고 해학적으로 사용한 것이었다. 그렇게 불꽃놀이는 계속되었다. 포탄을 적에게 쏘는 대신에 공중에서 터뜨렸고, 유탄 대신 로켓을 쏘아 올렸으며, 유산탄 대신에 발광탄을 쏘았고, 부상병의 비명 대신 황홀한 탄성이 쏟아져 나왔다. 한 마디로 돈을 마구 뿌려댄 전쟁과 같은 불꽃놀이는 화약을 그렇게 많이 썼지만 아무런 해도 끼치지 않았고, 오히려 화기애애하며 화려하고 재미있고 즐거웠다.

게다가 이 전쟁 같은 불꽃놀이는 아주 현명하게 미리 치밀한 계획을 세워서 진행되었다. 실제 전쟁처럼 어리석고 단조롭게 진행되지 않은 것이다. 물론 실제 장군들이 벌이는 전쟁에서도 유탄을 쏘면서 상세하게 계획을 짜고 예측하며 계산을 하지만, 그 결과는 전혀 다르다. 그리고 결국에 가서는 그들이 정확히 계산해낸 기술로 작전을 수행하는 게 아니라 아무도 예상하지 못한 너무나도 추악한 짓에 휘말리게 된다. 그건 아무에게도 즐거움을 주지 못한다.

그러나 작은 전쟁과도 같은 이 화려한 행사에서는 모든 것이 예상했던 것처럼 진행되었다. 발단과 서막, 전개, 지연, 그리고 끝에 가서 찬란한 효과를 보여주는 것까지 모든 것이 의도한 대로 진행된 것 같았다. 참모들이 사전에 계획을 짜놓았지만 무분별하게 미쳐 날뛰는 듯한 사건들이 벌어지는 전쟁과는 달리, 불꽃놀이는 순수하게 정신적이고 순수하게 유희적이며 온전히 이상적으로 진행되었다.

수천 프랑을 어떻게 써야 최대한 짧은 시간 안에 가능한 한 많은 사람을 즐겁게 하면서도 아무런 불쾌한 결과도 가져오지 않을 수 있을까? 이것이 풀어야 할 문제였다. 하지만 이 문제는 독창적인 방법으로 말끔히 해결되었다. 한 다발에 수천 프랑씩 하는 대형 로켓을 몇 다발로 나누어 묶고, 짧은 시간 안에 그것들을 모두 쏘아 올려 그 어마어마한 액수의 돈을 아주 즐거운 방식으로 공중에서 날려버린 것이다. 이런 진행은 불꽃놀이 주최 측의 의도와도 맞아떨어졌으며, 마치 악보대로 연주되는 교향곡같이 그 행사는 마법처럼 진행되었다.

행사가 진행되는 동안 구경꾼들은 줄곧 긴장과 환희를 맛보았다. 숭고하고 진정한 예술을 통해 느낄 수 있는 것과 똑같은 기쁨을 느꼈다. 불꽃놀이는 신성하고 정신적으로 충만한 인생의 꿈을 기억하게 하고, 아름다운 모든 것은 허무하게도 빨리 시들어버린다는 사실에 우수 어린 미소를 짓게 한다. 그것은 마치 사치스러운 연극에 대범하게 동의하는 것 같다.

구경꾼 중에는 이런 근사하고 덧없는 연극을 펼치는 데 쓰는 비용의 10분의 1, 아니 20분의 1이라도 자기한테 준다면 얼마나 좋겠냐고 생각하는, 삐딱하지만 가련한 사람들이 있을지도 모른다. 하지만 그런 사람들은 몇 안 되는 소수에 불과할 것이다. 이날 저녁 축제 분위기에서 느낄 수 있었듯이 다수의 구경꾼은 그런 쓸데없는 생각을 전혀 하지 않았다. 그들은 눈을 크게 뜨고 머리를 뒤로 젖힌 채 크게 웃거나, 입을 다문 채 황홀한 표정을 지었다. 그리고 불꽃놀이의 근사함과 미리 세심하게 세워놓은 멋진 계획, 그리고 확실히 쓸데없어 보이는 이 행사에 감명을 받은 것처럼 보였다.

엄청나게 써버린 화약과 눈부신 빛, 거기에 깃든 정신과 예측, 그리고 그 무가치한 일을 위해 퍼부은 막대한 예산과 단지 짧은 시간의 재미를 위해 막대한 비용을 들여서 작동시킨 그 기발한 기구 모두가 충격이었다. 이렇게 표현해도 될지 모르겠지만, 그 장면에 완전히 매료당한 구경꾼 대다수가 그때 느낀 감정은 경건함과 거의 비슷한 것으로, 일요일에 교회를 찾은 사람들이 설교를 들을 때 느끼는 감정과 비슷한 것이었으리라.

나를 좋아하는 친구들이나 나를 적대시하는 사람들 모두 말하기 좋아하듯이, 내가 정말로 불평꾼이라면 이런 불꽃놀이의 황홀한 겉모습 뒤에 숨겨진 뭔가 불쾌한 일을 금세 찾아냈을 것이다. 어쨌거나 호텔 주인들과 시 당국이 그들의 돈을 날려버리기 위해 이 모든 것을 주최했을 리는 없을 테고, 오히려 우회적으로 돈을 벌기 위해 이런 일을 벌였을 것이다. 공중에서 날려버린 돈 대부분은 어쩌면 인내심을 갖고 용의주도하게 다가올 다음 전쟁을 준비하는 곳, 즉 폭발물 생산업체 등으로 흘러 들어갈지도 모른다. 그러니까 이 근사한 작은 불꽃놀이를 무가치한 것으로 만드는 데는 특별히 머리를 쓰지 않아도 된다.

그러나 나는 그렇게 하지 않으려고 조심한다. 황금빛 거대한 꽃받침에서 쏟아져 나오는 초록빛과 붉은빛 별들이 취쉬식거리며 구름 조각을 내뿜는 모습에 반했고, 하늘을 절반이나 덮었다가 순식간에 감쪽같이 사라져버린 그 거대한 불꽃을 떠올리며 아직도 취해 있다. 정말이지 지금도 여전히 그 광경에 푹 빠져 있다. 그것은 너무나 황홀했다. 붉은 불꽃 비들이 가느다란 눈송이처럼 떨어지다가 조용히 밤하늘로 사라지던 모습! 그 뒤에서 전혀 다른 세계의 진짜 별들이 아주 낯설게 나타나던 그 광경!

또, 차가운 주둥이를 가진 특이한 모습으로 힘차고 거칠게 솟아오르던 로켓도 마음에 들었다. 분명 그 로켓은 30분 동안 온통 하늘을 뒤덮으면서 그 중요성을 과시하도록 고안된 것이었을 텐데, 궤도의 정점에 이르자마자 갑자기

성난 듯 짧은 폭음을 내면서 사라져버렸다. 마치 대규모 축제에 참여하기로 결심한 신사가 연미복을 차려입고 온 갖 휘장을 단 채 축제에 갔다가, 연회장을 본 순간 불쾌감에 사로잡혀 입을 꾹 다물고 돌아서서 혼자 이렇게 중얼거리며 떠나는 것 같았다.

"젠장, 다들 어떻게 내게⋯⋯."

우리는 한 시대의 늦가을, 몰락하면서 해체되어가는 세계에 살고 있다. 그 세계는 많은 사람에게 지옥이 되었고, 거의 모든 사람에게 불안한 것이 되었다. 위협은 끊임없이 커지고 있다. 이러한 과정이 종결될 때까지 앞으로 100년이 걸리든, 10년 또는 몇 년이 걸리든 마찬가지일 것이다. 최후의 파국이 핵무기 전쟁이라는 인류의 자살로 오든, 아니면 도덕과 정치가 무너지거나 인간이 자기 손으로 만든 기계에 지배당하는 것으로 오든 마찬가지다. 인도 사람들의 생각대로라면, 시바 신이 새로운 창조 공간을 확보하기 위해 춤을 추며 세계를 마구 짓밟는 그런 시간을 향해 우리는 나아가는 중이다.

우리는 비대해진 국가들이 물량전을 벌이고, 무수한 동식물이 멸종하고, 도시와 시골의 아름다움과 쾌적함이 사라지고, 공장들이 악취를 풍기고, 물이 오염되고, 그뿐만 아니라 언어와 가치, 사고와 신앙이 병들어 서서히 죽어가는 세계의 역사, 즉 우리 시대의 역사를 보고 있다. 이렇게 조용히 빠르게 진행되고 있는 붕괴의 맞은편에서는 기술적 성과와 지식이 눈부신 발전을 보여주고 있다. 우리가 기계화된 현존재의 원심력에서 벗어나 우주로 쏘아 올려질 수 있으리라는 상상은 사상가들보다 오히려 대중들에게 더 위안이 되는 듯하다.

유년의 정원

어느 날 아침, 가방에 책 한 권과 빵 한 조각을 챙겨 넣고 집을 나와 마음 내키는 대로 걸었다. 소년 시절부터 늘 그랬던 것처럼, 먼저 집 뒤의 아직 그늘진 정원으로 갔다.

어렸을 때 아버지가 심은, 나처럼 어리고 가늘었던 전나무들이 어느새 높이 자라 둥치가 굵어져 있었다. 그 아래에는 연갈색 뾰족한 잎들이 수북하게 쌓였다. 그곳에는 몇 해 전부터 오로지 침엽수만 자란다.

그러나 그 옆의 좁다랗고 긴 꽃밭에는 어머니가 심은 꽃들이 풍성하게 자라 밝게 빛났다. 어머니는 일요일마다 이 꽃밭에서 꽃을 꺾어 커다란 꽃다발을 만들곤 했다. 거기에는 '불타는 사랑'이라 불리는 주홍색 작은 꽃들이 무더기를 이루며 피었고, '여자의 마음'이라 불리는 하트 모양의 붉고 하얀 꽃이 여리고 가느다란 줄기에 매달려 무수히 피었으며, '악취 나는 교만'이라 불리는 꽃나무도 있었다. 그 근처에는 아직 꽃을 피우지 않은 과꽃이 높이 자라 있었고, 그 사이에 바닥에는 굳센 털이 있는 통통한 미나리아재비와 사방으로 퍼진 쇠비름이 땅을 기어가듯 피었다. 이 좁다랗고 긴 꽃밭은 우리가 사랑하고 아끼는 꿈의 정원이었다. 거기에는 수많은 희귀한 꽃들이 빽빽하게 피었는데 그 모습이 양쪽 둥근 꽃밭에 가득 피어난 장미꽃보다 훨씬 독특하고 사랑스러웠기 때문이다.

이곳에 햇빛이 들고 담쟁이덩굴 위로 햇살이 반짝일 때면, 꽃들은 저마다 독특한 아름다움을 내뿜었다. 통통한 글라디올러스는 현란한 색채를 뿜내며 활짝 피었고, 파란 양꽃마리는 마법에 걸린 듯 코를 찌르는 향기 속에 잠겨 있었다. 줄맨드라미는 체념한 듯 축 늘어졌고, 매발톱꽃은 발가락을 곤두세우고 종 모양의 색색가지 여름꽃을 피우고 있었다. 미역취와 파란 협죽초 주위로 벌떼가 모여들어 요란하게 붕붕거린다. 빽빽한 담쟁이덩굴 위에는 작은 갈색 거미들이 이리저리 분주히 움직인다. 비단향꽃무 위로 박각시나방들이 두툼한 몸통에 유리 같은 날개를 나풀거리며 날렵하면서도 변덕스럽게 이리저리 날았다.

휴일에는 느긋하게 이 꽃에서 저 꽃으로 옮겨다니며 여기저기서 향기를 내뿜는 꽃송이들의 향기를 맡았다. 그리고 조심스럽게 손가락으로 꽃송이를 열어 비밀스러운 은회색 속살과 혈관, 무늬가 만들어내는 조용한 질서를 들여다보고, 머리카락 같은 가느다란 섬유와 수정처럼 파인 골을 관찰했다. 그러다가 가끔 고개를 들어 아침 하늘도 관찰했다. 수증기가 모여 마치 허공에 줄을 긋는 것 같았고, 솜털 같은 구름 조각들은 서로 뒤엉킨 채 묘한 분위기를 자아내고 있었다.

놀라움과 두려움에 사로잡힌 채, 유년 시절 내게 기쁨을 주었던 익숙한 구역을 조용히 둘러보았다. 작은 정원, 꽃으로 장식된 발코니, 습하고 그늘져 포석 위에 푸르스름하게 이끼가 낀 마당이 예전과는 다른 얼굴로 나를 바라보았다. 심지어 꽃들조차도 예전에 끊임없이 샘솟던 매력을 잃어버린 것처럼 보였다. 정원 한구석에는 오래된 물통이 수도관에 걸려 있었다. 예전에 나무로 만든 물레방아를 거기에 매달아놓고 반나절 넘게 수돗물을 틀어놓아서 아버지를 화나게 한 적이 있었다. 길에 둑을 쌓고 운하를 만들어 거대한 홍수를 일으키려 했던 것이다. 버려진 낡은 물통은 어렸을 때 자주 가지고 놀았던 정말로 아끼는 물건이었다. 그걸 보니 다시 어린아이가 된 것처럼 마음에서 기쁨의 메아리가 울렸다. 하지만 낡은 물통을 보고 있자니 서글픈 생각이 들었다. 물통은 이제 샘물도 폭우도 나이아가라 폭포도 아니었다.

생각에 잠긴 채 담장 위로 올라갔다. 파란 메꽃잎이 얼굴을 간질였다. 그 꽃잎을 따서 입에 물었다. 이제 산을 산책하며 우리가 사는 도시를 내려다보기로 했다. 산책 역시 적당히 즐거운 소일거리였다. 하지만 어렸을 때는 그렇게 생각하지 않았다. 사내아이는 산책 같은 걸 절대 하지 않는다. 사내아이는 산적이나 기사, 인디언이 되어 숲으로 간다. 아니면 뗏목꾼, 어부, 물레방아 기술자가 되어 강에 가거나, 나비나 도마뱀을 잡기 위해 초원을 누빈다. 소년 시절에 산책은 할 일 없는 어른이나 하는 어딘가 품위 있으면서 약간 지루한 일처럼 보였다.

입에 물었던 파란 메꽃이 금세 시들어버려 그것을 뱉어내고 대신 회양목 가지를 꺾어 조금 갉아먹어 보았다. 쌉싸름하면서도 향기로웠다.

키 큰 금작화가 늘어선 철롯둑 근처에서 초록색 도마뱀 한 마리가 내 발을 피해 잽싸게 지나갔다. 그러자 다시금 소년 시절의 장난기가 발동했다. 나는 재빨리 달려 몸을 숨기고 기회를 엿보다 마침내 겁 많은 동물을 살포시 잡아 손에 쥐었다. 도마뱀의 반짝거리는 작은 보석 같은 눈을 들여다보자 어린 시절 사냥하며 느꼈던 즐거움이 되살아났다. 내 손가락 사이에서 완강히 버티는 도마뱀의 유연하면서도 힘센 몸통과 단단한 다리가 느껴졌다. 그러나 이내 흥미가 떨어졌고, 이 작은 동물로 뭘 해야 할지 몰랐다. 아무런 감흥도 없고 더 이상 행복하지도 않았다.

몸을 굽혀 손을 벌렸다. 도마뱀은 어리둥절한 듯 옆구리를 들썩이며 거칠게 몰아쉬던 숨을 잠시 멈추더니 황급히 풀숲으로 사라졌다.

햇빛을 반사하는 철로 위로 기차 한 대가 달려와 내 옆으로 지나갔다. 기차 뒷모습을 바라보며 이제 이곳이 내게 진정한 기쁨을 주지 못한다는 사실을 확인했다. 기차를 타고 다시 세상으로 나가고 싶은 생각이 간절해졌다.

도시 나들이

은둔자가 오랜 세월이 지난 후 자신이 머물던 은신처를 떠나 도시로, 사람들 속으로 갈 때면, 그는 자신의 행동에 그럴듯한 이유를 달겠지만 그 결과는 대개 우스꽝스럽다. 구두 수선공이 구두 수선공으로 남아야 하듯, 은둔자도 은둔자로 남아야 한다. 은둔이 직업이 아니라거나 구걸과 마찬가지로 비천한 일이라는 생각이 유럽에 널리 퍼져 있는데, 아무도 그런 생각을 진지하게 여기지 않을 것이다.

은둔자는 구두 수선공이나 거지, 강도, 군인과 마찬가지로 하나의 직업이다. 형 집행관이나 미학 교수 같은 사이비 직업보다 훨씬 오래되고 더 중요하고 더 신성한 직업이다. 어떤 사람이 자신의 직업을 버리고 가면을 벗고 자신의 역할에서 벗어난다면, (아마도 이해할 만하고 가장

타당한 이유로 그렇게 하겠지만) 그 결과는 대체로 어리석을 뿐이다.

나 자신과 내 삶이 불만스러워 산 위의 은신처를 떠나 잠시 도시로, 사람들 속으로 갔을 때, 바로 그런 일이 내게도 일어났다. 나는 호기심이 발동해서, 그리고 새로운 경험과 관계가 그리워서 도시로 갔다. 오랫동안 권태와 고통만을 맛본 후에 어쩌면 다시금 기쁨과 아름다움, 만족을 얻을 수 있지 않을까 하는 실낱같은 희망에서 그렇게 했다. 다른 사람들과 비교하여 나를 평가하고, 다시금 사람들과 나 자신을 진지하게 여길 수 있다면 어쩌면 행복해질 수도 있다는 희망을 가졌다. 도시와 군중, 공공장소, 예술, 상업, 한 마디로 이 세상의 모든 마법이 내게 영향을 미치게 하고, 은둔자이자 사색가가 겪는 고난과 착각에 빠진 지혜로부터 해방되어 다시 사람이 되고, 다시 어린아이가 되고, 다시 인생의 의미와 아름다움을 믿을 수 있게 되기를 기대했다.

나 같은 부류의 사람들은 기본적으로 인생의 가치를 믿지 않지만, 그렇다고 단순한 사람들처럼 자살이나 정신착란을 탈출구로 선택하지도 못한다. 나 같은 부류의 사람들은 자연이 '인간'이라는 실험을 할 때 인간의 무의미함과 가망 없음의 예시를 보여주기 위해 특별히 발명한 것처럼 보인다. 그래서 그런 사람들은 당연히 힘든 삶을 살 수밖에 없으며, 어떻게 하면 좀 더 수월하고 좀 더 아름다운 삶을 살 수 있을까 싶어 때때로 다른 행동을 하고 생활에서 이것저것 바꿔보기도 한다.

그래서 나는 여행 가방을 챙겨 도시로 떠났고, 사람들이 밀집해 사는 곳에 숙소를 정했다. 도시 생활에 익숙해지는 건 쉽지 않았다. 이곳 사람들은 놀랍게도 너무나도 이른 아침에 일어나 밤 늦게 집으로 돌아왔고, 피아노와 바이올린을 켜고, 목욕하고, 이리저리 분주하게 돌아다녔다. 대다수가 사업가이거나 그들에게 고용된 직원인데, 모두가 미친 듯이 바빴다. 어떤 사람들은 사업이 잘 안 되어서 할 일이 많았고, 형편이 나아지게 하려고 애쓰느라 자신을 혹사했다. 모두가 힘들게 일했고, 거의 모두가 물건을 만들거나 물건을 팔았다.

그런데 그 물건들은 사람이 사는 데 필요한 건 아니지만 생산자와 장사꾼에게 돈을 벌어주기 위해 발명된 것들이다. 호기심에서 이런 물건들을 몇 가지 사용해보았다. 바쁘게 돌아가는 생활과 소음에 잠을 이룰 수 없어 온종일 피로하고 지루하여 어떤 상인에게서 수면제를 샀고, 독자를 즐겁게 하려는 목적으로 출간된 책 몇 권을 또 다른 상인에게서 샀다. 그러나 수면제는 숙면은커녕 나를 흥분시키고 신경을 예민하게 만들었고, 책들은 내게 즐거움을 주기는커녕 대낮에 나를 잠들게 했다. 모든 것들이 근본적으로 그랬다. 그곳에서는 판매자와 구매자, 즉 동참한 모두에게 큰 재미를 주는 놀이가 진행되고 있었지만, 아무도 그것을 진지하게 여기지 않았다.

대규모 축제를 앞둔 시기였다. 이 축제의 취지는 한편으로는 산업을 장려하기 위해 몇 주 동안 시장에 활기를 주는 것이고, 다른 한편으로는 톱으로 자른 어린 나무들을 집 안에 전시함으로써 자연과 숲을 기억하게 하고 온 가족이 함께 즐거움을 나누게 하는 것이었다.

그러나 나는 이것 역시 한통속으로 진행되는 놀이임을 이내 알아차렸다. 자연과 숲을 기억하려는 사람도 없었고, 집 안에 전시된 어린 전나무가 자연의 기쁨을 전달하는 데 적합한 수단이라고 여길 만큼 어리석은 사람도 없었다. 또, 거의 모든 사람들이 부부와 자식 등 온 가족이 한자리에 모이는 것을 소중히 여기기보다 오히려 부담스러워했다. 그런데도 축제는 4주 동안 수백만 명의 사람들을 고용해서 바쁘게 했고, 이틀 동안 모든 주민에게 눈에 보이는 즐거움을 선사했다. 심지어 이방인인 나에게까지 달콤한 과자를 나누어 주며 즐거운 축제를 즐기라고 빌어주었다. 집 안에서는 매우 이례적으로 가정의 행복을 축하하기 위해 몇 시간에 걸쳐 떠들썩한 파티가 열렸다.

그래도 이 시기에 도시의 모습은 아름다워 보였다. 상점들이 줄지어 있는 넓은 쇼핑가는 밤낮으로 건물마다, 창문마다 밝은 빛들로 눈이 부셨고, 상품들과 꽃, 장난감이 가득 진열되었다. 수백만 명이 겪는 힘들고 진지한 노동이 잘 고안된 흥미로운 오락처럼 보였다. 자연과 가정과 사업, 모든 것을 잠시 잊고 향기로운 술로 머리를 식히려는 사람들로 북적거리는 담배 연기 자욱한 술집에도 음악소리가 흘러나오든 흘러나오지 않든 전나무를 세우고 촛불을 켠 술집 주인의 관습이 이방인의 눈에는 당연히 거슬렸다. 나무는 담배 연기 때문에 숨쉬기조차 어려운 이곳에서, 일반 가정집보다 훨씬 더 밝은 빛을 내며 감상적인 분위기를 조성했다.

아직 축제가 시작되기 전인 어느 날 저녁, 한 음식점에서 달걀 요리와 적포도주 반병을 앞에 놓고 나름 흡족한 마음으로 앉아 있다가 눈길을 사로잡는 신문 기사를 발견했다. 한 문학단체가 '헤르만 헤세의 밤'이라는 행사를 개

최하는데, 가볼 만한 행사라고 추천하는 기사였다. 서둘러 행사장을 찾아가 입구에서 입장권을 판매하는 사람에게 헤르만 헤세도 행사에 참석하느냐고 물었다. 그는 아니라고 답하고 그것에 대해 양해를 구하려고 애썼다. 나는 헤세라는 사람이 참석하는 것에 조금도 가치를 두지 않는다고 말해 그를 안심시켰다.

1마르크를 내고 프로그램 팸플릿을 하나 사서 입장했다. 자리에 앉아 잠시 기다리자 행사가 시작되었다. 젊은 시절에 쓴 나의 시들이 낭송되는 것을 들었다. 그 시들을 쓸 당시에 나는 아직 젊은이다운 취향과 이상을 가졌고, 정직함보다는 열정과 이상주의를 더 중시했기 때문에 삶을 밝고 긍정할 만한 것으로 보았다. 하지만 지금은 삶을 사랑하지 않고, 그렇다고 부정하지도 않으며, 그저 받아들일 뿐이다. 청춘 시절의 내 목소리가 낭송되는 것을 듣고 있자니 이상한 기분이 들었다.

몇몇 시들은 작곡가가 곡을 붙여 아름다운 드레스를 입은 여가수들이 노래했고, 몇몇 시들은 암송되거나 낭송되었다. 청중들 가운데 감상에 젖은 몇몇 젊은이들은 낭송되는 시를 들으며 공감한다는 듯 흡족한 미소를 지어 보였다. 하지만 나처럼 냉정한 청중들은 아무런 감흥도 느끼지 못한 채 살짝 경멸하는 듯한 미소를 짓거나 잠들어 있었다.

이 모든 것을 바라보면서 한때 내게 그토록 중요하고 성스러웠던 시들이 경박하게 느껴졌지만, 그래도 내 안에 약간의 자만심이 남아 있음을 깨달았다. 종종 있는 실수이지만, 여가수나 낭독자가 시어를 빠뜨리거나 다른 단어로 잘못 발음할 때마다 실망하고 마음이 조금 상한 것이다.

이날 저녁 행사는 별로 마음에 들지 않았고, 목이 마르고 속도 쓰려서 끝까지 자리를 지키고 앉아 있을 수가 없었다. 몇 시간 동안 코냑과 물을 마시며 불쾌한 기분을 씻어내려 애썼지만 실패했다. 문학에 어느 정도 조예가 깊은 전문가로 통할 수 있었을 문학의 밤 행사에서조차 은둔자의 고립감을 느꼈다. 다른 사람들은 모두 내가 모르는 비밀스러운 게임 규칙에 따라 그 행사를 재미있는 사교 놀이로 여기며 즐겼던 반면, 나는 인간의 삶을 진지하게 받아들이고 싶은 욕구를 가졌기 때문이다.

눈으로 보고 체험한 모든 것들이 계속해서 나를 당황하게 만들어 사람들과 함께 즐기는 일이 어디서도 가능하지 않을 것 같았다. 그래도 그사이에 한번은 나를 우습게 만들지 않고 인정하며 원기를 북돋워주는 일이 있었다. 갑자기 세상을 떠난 친구의 장례식에 가서 일을 도와주어야 했는데, 그 친구는 은둔자가 아니라 쾌활하고 사교적인 사람이었다. 죽은 친구와 작별하기 위해 고요히 누워 있는 친구의 얼굴을 바라보았을 때 내 눈에 보인 것은 삶이라는 멋진 유희를 떠나야 하는 불만이나 고통이 아니라, 수수께끼 같은 인생을 더 이상 유희로 끝내지 않고 근본적으로 진지하게 깊이 받아들이는 데 성공한 흡족한 모습이었다. 내게 많은 것을 말해주는 죽은 친구의 얼굴을 보며 나는 슬프기보다 오히려 기뻤다.

이제 다시 한가하게 거리를 거닐며 아름다운 여인들과 화가 난 표정으로 바삐 걸어가는 신사들을 바라보았다. 그 사이 그들은 축제를 즐기는 척했던 가면을 조금 당황스러워하며 벗어버렸다. 그들의 이런 연극 같은 삶을 보며 때로는 슬픔을, 때로는 재미를 느꼈다. 그리고 나도 언젠가 이 비밀스러운 유희의 규칙을 알게 되기를 바랐다.

잃어버린 주머니칼

어제 주머니칼을 잃어버렸는데, 그 일로 나의 철학과 운명을 받아들이는 마음가짐의 기반이 얼마나 약한지 깨달았다. 그런 사소한 분실에 무척이나 우울해졌고, 오늘도 감상에 젖어 있는 나 자신을 놀리며 웃어넘기질 못하고 여전히 온통 잃어버린 칼 생각에 빠져 있기 때문이다.

주머니칼을 잃어버렸다는 사실이 나를 그토록 우울하게 한 것은 좋지 않은 징조다. 나는 오래 소유했던 물건에 유별나게 애착심을 갖고 집착하는 어리석은 습관이 있는데, 그것을 아무리 비판하고 고쳐보려 노력해도 완전히 벗어나지 못했다. 그래서 오래 입은 옷이나 모자, 지팡이와 헤어져야 하거나 더 나아가 오래 살던 집을 떠나야 할 때마다 불안해지고 심지어 가벼운 통증마저 느낀다. 더군다

나 그보다 더 깊은 이별과 작별을 앞두고서는 두말할 것
도 없다.

잃어버린 주머니칼은 지금까지 살아오면서 인생의 온
갖 우여곡절을 겪으면서도 수십 년 동안 지니고 있던 몇
안 되는 물건 중 하나다. 어머니의 반지, 아버지의 시계,
사진 몇 장, 어린 시절 추억의 물건 등 오래전부터 신성하
게 여긴 몇 가지 잡동사니들을 아직도 가지고 있지만, 사
실 이런 물건들은 이미 죽었다고 할 수 있다. 박물관에 보
관하듯 서랍 속에 넣어둔 채 지난 세월 동안 거의 한 번도
꺼내본 적이 없다. 그러나 그 칼은 여러 해 동안 거의 날
마다 사용했다. 수천 번도 넘게 주머니에 넣었다가 꺼냈
으며, 일하거나 놀 때마다 사용했고, 자주 숫돌에 갈아주
었고, 가끔 잃어버렸다가도 다시 찾곤 했다. 그 칼은 내가
사랑하는 물건이니 잃어버린 뒤 탄식의 노래를 불러 마땅
할 것이다.

그것은 결코 평범한 주머니칼이 아니었다. 평범한 칼은
그동안 수없이 가졌고, 쓰다가 버렸다. 하지만 그 주머니
칼은 반달 모양으로 구부러진 날이 튼튼하고 반들반들한
나무 손잡이 속에 박혀 있는 독특하고 단단한 정원용 칼
로, 사치품이나 장난감이 아니라 아득한 옛날부터 분명한

연장의 형태를 지켜온 진지하고 견고한 무기였다. 그런 형태는 이미 수백, 수천 년 전 선조들의 체험에서 탄생하여 보존된 것으로, 새롭지만 무의미하고 장난 같은 어설픈 형태로 대체하려는 현대 산업의 강력한 물결에 굴복하지 않고 오랜 세월 버텨왔다.

현대 산업은 현대인들이 일하고 즐길 때 사용하는 물건들에 애착심을 갖는 대신 새것을 열망하게 함으로써 존재의 기반을 다진다. 만약 옛날처럼 모든 남자가 일생에 단한 번 저마다 단단하고 기품있는 칼을 사서 죽을 때까지 간직한다면, 칼 공장은 어떻게 되겠는가? 요즘 사람들은 칼과 포크, 커프스버튼과 모자, 산책용 지팡이와 우산 등을 자주 바꾼다. 산업이 발달하면서 이 모든 물건을 유행의 노예로 만들어놓는 데 성공한 것이다. 한 시즌만을 겨냥하는 이런 유행 패턴에서, 아득한 옛날부터 전해져 내려오는 도구들의 아름답고 활기차고 올바른 진짜 형태의 보존은 기대할 수 없다.

낫 모양의 멋진 주머니칼을 갖게 되었던 날을 아직도 또렷이 기억하고 있다. 그때 나는 모든 면에서 한창때여서 자부심이 대단했다. 갓 결혼한 신혼이었고, 생계형 직업의 감옥과 갑갑한 도시에서 탈출하여 보덴호숫가의 아름다운 마을에 정착했다. 독립적으로 살며 오직 나와 내 가족만 책임지면 되었다. 내가 쓴 책들이 꽤 성공을 거두어 만족스러웠다. 나는 호수 위에 보트를 띄워놓고 노를 저었고, 아내는 첫아이를 기다리고 있었다.

당시 내 나이는 서른쯤이었다. 그때 거창한 계획을 하나 세웠는데, 바로 집을 짓고 정원을 가꾼다는 것이었다. 그 계획을 실행하기 위해 온갖 노력을 기울였다. 땅은 벌써 사놓았고 말뚝도 박아놓았다. 그 땅 위를 거닐 때면 집을 짓고 정원을 가꾸는 일의 아름다움과 품위에 저절로 행복해졌다. 이곳에 영원한 주춧돌을 놓고 나와 아내, 아이들을 위해 고향과 안식처를 마련한다는 심정이었다. 집 설계는 완성되었고, 정원도 내 머릿속에서 점차 형태를 갖춰가고 있었다. 정원 한가운데에는 넓고 긴 길이 있고, 우물이 있고, 밤나무가 자라는 초원이 있었다.

어느 날 배 편으로 육중한 화물이 도착하자 선착장으로 나가 그것을 끌어올리는 것을 도와주었다. 화물은 원예회사에서 보낸 것으로 내용물은 원예용 연장들이었다. 삽, 쟁기, 곡괭이, 쇠스랑, 가래와 그 밖의 정원용 도구들이 여럿 들어 있었다. 특히 꺾어진 부분이 백조의 목처럼 길고 둥근 가래가 마음에 들었다. 좀 더 작고 조심스럽게 다뤄야 할 몇몇 물건들은 꼼꼼하게 헝겊에 싸여 있었다. 설레는 마음으로 헝겊을 풀었을 때, 거기에 그 구부러진 주머니칼이 있었다. 얼른 칼을 꺼내어 조심스럽게 살펴보았다. 시퍼런 칼날이 눈부시게 번득였고, 깃털처럼 솟구쳐 오를 것 같은 칼등은 단단하고 팽팽했으며, 니켈을 입힌 손잡이 테두리에선 광채가 났다.

당시에 그 칼은 내가 가진 연장들에 딸린 사소한 물건에 지나지 않았다. 이 칼이 장차 젊은 시절에 내가 소유한 모든 것들, 즉 집과 정원, 가족 그리고 고향 중에서 유일하게 내 곁에 머물게 되리라고는 생각지도 못했다.

그 칼을 손에 넣은 지 얼마 지나지 않아 손가락 하나가 거의 잘려나갈 만큼 베었고, 그때의 흉터가 지금도 남아 있다. 그사이에 정원을 꾸며 나무도 심고 집도 지었다. 여러 해 동안 정원에 나갈 때마다 칼을 주머니에 넣어갔다. 그 칼로 과일나무 가지를 쳐주고, 해바라기와 달리아를 잘라 꽃다발을 만들고, 어린 아들들을 위해 채찍 손잡이와 활도 만들었다. 잠깐씩 여행을 할 때를 제외하고는 날마다 정원에서 몇 시간씩 보냈다. 여러 해 동안 땅을 파고 나무를 심고 씨를 뿌리고 물과 거름을 주고 과일을 따는 일에 이르기까지 모든 정원 일을 직접 했다.

추운 계절이 되면 늘 정원 한 모퉁이에 불을 피워놓고 잡초와 오래된 나무뿌리, 온갖 쓰레기를 태워 재로 만들었다. 그럴 때마다 아이들은 주워온 보릿대나 갈대를 불 속에 던지고 그 불에 감자나 밤을 구워 먹기도 했다. 한번은 주머니칼이 불 속으로 떨어져 손잡이에 불탄 자국이 생겼다. 세상의 칼들이 모두 한데 섞여 있어도 그 자국을 보고 단숨에 내 칼을 찾아낼 수 있을 것이다.

보덴호숫가의 아름다운 집이 더 이상 편안하지 않아, 여행을 자주 다니던 시기가 있었다. 정원을 버려둔 채 마치 어딘가에 몹시 중요한 물건을 두고 오기라도 한 것처럼 세상을 두루 돌아다녔다. 그때 수마트라의 동남쪽 가장 깊숙한 정글에서 광채를 내뿜으며 날아나니는 커다란 녹색 나비들을 보았다.

여행에서 돌아왔을 때, 아내는 우리가 살던 집과 마을을 떠나는 것에 동의했다. 커가는 아이들에게는 학교와 그 밖에 여러 가지가 필요했다. 우리는 그것에 대해 많은 대화를 나눴다. 하지만 이곳에서 지내는 것이 이제는 무의미해졌고, 이곳에서 행복과 즐거움을 얻으리라던 내 꿈은 헛된 것이었고, 그 꿈을 이제 땅에 묻어버릴 수밖에 없다는 사실은 아무에게도 이야기하지 않았다.

눈 덮인 장엄한 산이 바라보이는 아름다운 스위스의 도시 근교에, 우람한 태고의 고목들이 우거진 오래된 멋진 정원에서 봄가을이면 습관처럼 모닥불을 피웠다. 사는 게 괴로울 때나 이 새로운 고장에서 일이 어렵게 꼬일 때면 여기저기를 탓했다. 종종 내 마음에서도 그 원인을 찾았는데, 단단한 주머니칼을 보면서 감상에 젖은 자살자에게 주는 괴테의 탁월한 조언을 떠올렸다.

"죽음이 편리한 선택이 아니라 영웅적인 행동이 되도록, 적어도 자신의 가슴에 스스로 칼을 꽂아라!"

그러나 괴테와 마찬가지로 나 역시 그렇게 하지 못했다.

전쟁이 일어났다. 오래지 않아 나의 불만과 우울증의 원인을 더 이상 찾을 필요가 없었다. 이제 아무것도 치유될 수 없지만, 이 지옥 같은 시대를 살아가는 것이 스스로 만든 우울함과 환멸을 치유하는 훌륭한 치료법임을 분명히 알게 되었다. 이제 칼을 쓸 일이 별로 없는 시기가 왔다. 다른 할 일이 너무 많아진 것이다.

서서히 모든 것이 무너지기 시작했다. 가장 먼저 독일 제국이 전쟁에서 졌다. 당시 외국에서 지내며 그런 상황을 본다는 게 너무나도 고통스러웠다. 그리고 전쟁이 끝났을 때 내 삶에도 갖가지 변화가 일어났다. 내게는 이제 집도 정원도 없고, 가족과도 헤어졌다. 그 뒤 여러 해 동안 고독과 깊은 사색의 시간을 보내야 했다.

기나긴 망명 기간 동안 겨울이면 추운 방 안에서 작은 벽난로 앞에 앉아 편지와 선물들을 불태웠다. 장작을 불 속에 넣기 전에 주머니칼로 조각하듯 장작 여기저기를 다듬었고 타오르는 불꽃을 바라보았다. 나의 삶과 야망과 지식과 자아가 천천히 송두리째 불타서 순수한 재로 변해가는 것을 지켜보았다.

그러다가 훗날 그 자아와 야망, 허영, 삶의 온갖 혼탁한 마력이 또다시 나를 얽어매더라도 이제는 마음의 안정을 찾을 은신처가 생겼다는 것을 깨달았다. 터전을 만들고 소유하는 일이 평생 내게 행복을 주지 않을 것 같았지만 이제 내 가슴속에서 고향이 자라나기 시작한 것이다.

이렇게 긴 삶의 여정을 함께 지나온 주머니칼이 없어진 것을 이토록 아쉬워하는 걸 보니, 나는 영웅적이지도 현명하지도 못하다. 하지만 오늘은 영웅도 현자도 되고 싶지 않다. 그런 건 내일 해도 늦지 않다.

보덴호수와 작별하며

오랫동안 살던 집을 떠나는 것만큼 기분이 묘한 일은 없다. 발소리가 보통 때와 다르게 울리는 텅 빈 방들을 천천히 둘러보며, 여기 머무르는 것도 이제 마지막이니 어쨌든 아름답고 경건하게 작별해야겠다고 생각한다. 하지만 아무런 감응도 없고, 지긋지긋해서 멀리 떠나고 싶다는 생각, 모든 것이 지나가버리면 좋겠다는 바람 외에는 아무 느낌도 없다.

젊은 시절을 보낸 보덴호숫가에 있는 작은 집을 비우게 되었을 때 내가 그런 상태였다. 그래서 정원으로 달아났다. 아이들이 밟고 놀던 모래더미 위에는 짐을 챙겨넣은 상자와 문이 열리지 않게 꽁꽁 묶어놓은 가구들이 놓여 있었다. 망가진 너도밤나무 울타리 너머에는 가구를 실어갈 회색 트럭이 위압적인 모습으로 기다리고 있었다.

5년 전에 심은 너도밤나무 울타리를 따라 장작을 쌓아 놓은 헛간으로 갔다. 그곳에는 내가 자르고 쪼개놓은 장작이 아직 조금 남아 있었지만, 손도끼와 큰 도끼, 톱과 삽, 모종삽과 갈퀴는 모두 이미 치워졌다. 최근 들어 그냥 내버려둔 헛간 앞 모랫길에는 잡초가 자라 있었다. 그 옆으로는 빨간 당아욱이 두 줄로 나란히 자라서 멋진 꽃길을 이루고 있었다. 그것들은 내가 씨를 뿌려 기른 것으로, 이사해서 새로 살게 될 곳에도 비슷하게 심을 생각으로 씨앗을 받아두었다.

무거운 해바라기 머리에 박새가 매달려 씨앗을 쪼아 먹고 있었다. 덤불 숲에는 때늦은 빨간 산딸기가 매달려 있었고, 북쪽 벽면에는 담쟁이덩굴이 벌써 불타는 듯한 진홍색을 띠기 시작했다.

채소밭 사이, 잡초로 뒤덮인 작은 길을 서글픈 마음으로 어슬렁거리다 아이들이 가지고 놀던 고무공 하나와 망가진 목마를 발견했다. 아이들은 며칠 전에 먼저 떠났는데, 새집에 대한 기대로 오랫동안 살던 첫번째 고향은 금세 잊었다. 큰아이는 이쪽 채소밭에서 내가 씨앗을 뿌리거나 물을 줄 때 도와주곤 했다. 저쪽에는 그 아이가 직접 심고 가꾼 해바라기와 달리아 꽃밭이 있다.

울타리 너머에는 가을의 잿빛 공기 속에 조용한 대지와 호수가 잠들어 있었다. 지난 몇 년 동안 어느 계절이든, 무엇을 하든 내 시선은 늘 그쪽을 향했다. 저 멀리 작은 그림자처럼 콘스탄츠 대성당 탑이 서 있고, 그 맞은편에는 회색빛 슈텍보른 성이 대담한 모습으로 서 있고, 라이헤나우 섬은 짙은 비안개로 덮여 있다. 어디를 봐도 수천 번도 넘게 보고 또 보았던 곳들이고, 나의 무수한 작은 체험들과 관련이 있는 장소들이다.

이사를 나가는 건 절대 즐겁지 않다. 심지어 불쾌하기까지 하다. 하지만 모든 일에는 두 가지 측면이 있듯이, 집을 정리하고 나가는 건 확실히 기분 나쁜 일이지만 새로운 집으로 들어가는 건 멋지고 즐거운 일인 것 같다. 일꾼들과 함께 새집을 손보고 있는 아내가 보였다. 작업이 순조롭게 진행되어 집 안에서 자거나 식사를 할 수 있을 정도는 되었다. 우리는 가구를 방 안에 들이기 시작했다.

우리가 이사한 집은 베른 교외의 오래된 시골집으로, 시내에서 멀리 떨어진 들판에 있다. 정확한 대칭 구조의 오래된 정원에는 분수가 있고, 개와 가축이 여러 마리 있으며, 단풍나무와 떡갈나무, 너도밤나무가 우거진 작은 숲도 있다.

곳곳에서 떠들썩하게 일을 하고, 치수를 재고, 이것저것 시험해본다. 모두가 즐겁고 재미있어 보인다. 아마 즉흥적이고 규정된 것이 아무것도 없기 때문일 것이다. 여기저기에 무엇인가를 밀어넣고, 세우고, 평평하게 펴고, 두드려 맞추면서 이렇게 덧붙인다.

"일단은 이 정도면 됐어. 나중에 언제든지 바꾸면 되니까."

잠깐 쉬는 사이에 오래된 등나무로 온통 뒤덮인 베란다로 나가서 산이 보일 만큼 날씨가 좋아질지 하늘을 살핀다. 또 황폐해진 정원을 보며 이 정원을 어떻게 잘 가꿔볼까 궁리해본다. 그리고 나무에 매달린 과일들과 늦게 핀 화단의 꽃들, 황폐한 산딸기 덤불에 매달린 때 늦은 작은 열매들, 벌어진 밤송이 속에서 반짝이는 단단한 갈색 밤을 본다. 부지런해야겠다고 다짐한다. 평화로운 생활을 기대하면서 사람들과도 잘 지내고 싶다.

베른 근교의 비티히코펜성 위쪽, 멜헨뷜벡에 있는 이 집은 정말 모든 면에서 이상적인 집이다. 우리가 바젤에서 생활하던 때부터 오랫동안 바랐고, 우리 같은 기질의 사람들이 점점 더 간절히 바라게 되는 그런 집이다. 베른 양식 지붕에 둥근 박공이 있는 시골집으로, 아주 불규칙한 형태를 하고 있다. 그래서 특히 멋진 분위기를 연출하고, 참으로 아늑하다. 마치 우리를 위해 특별히 고른 것처럼 농가와 귀족 저택의 특성을 모두 갖추어, 반은 소박하고 반은 격조가 있는 집이다. 17세기에 처음 세운 뒤 제국 시대에 증축하여 내부를 조금 더 넓혔다.

수령이 아주 오래된 진귀한 나무들로 둘러싸여 있었는데, 거대한 느릅나무 한 그루가 집을 완전히 뒤덮고 있었다. 집 안팎이 기이하고 이상야릇하여 편안하게 느껴질 때도 있지만 유령이 나올 듯 으스스한 기분이 들 때도 있다. 이 집에 딸린 넓은 농지와 농가는 소작인이 관리한다. 우리는 그 소작인한테서 우리 가족이 마실 우유와 정원에 쓸 퇴비를 얻었다. 남쪽 내리막에 돌계단을 중심으로 테라스 두 개로 나뉘어 정확히 대칭을 이루는 정원에는 아름다운 과일나무들이 있다.

집에서 이백 걸음 정도 떨어진 곳에는 오래된 고목 수십 그루가 모여 있는 작은 숲이 있다. 그중에서도 자그마한 언덕에 서 있는 우람한 너도밤나무는 사방으로 가지를 뻗어 그 일대를 다 덮고 있다. 집 뒤편에는 돌로 만든 아담한 분수대에서 소리를 내며 물이 뿜어져 나온다.

　남쪽으로 난 넓은 베란다는 무성하게 자란 커다란 등나무로 온통 뒤덮여 있다. 그 베란다에 서면 근방의 풍경이 한눈에 들어온다. 숲으로 둘러싸인 언덕들 너머로 겹겹이 늘어선 산들도 보인다. 그 산들은 툰 산악지대에서 베터호른에 이르는 모든 산을 포함하는 산맥으로, 융프라우의 높은 봉우리들이 가운데에 솟아 있다. 이 집과 정원은 내 단편소설 〈꿈의 집(Das Haus der Träume)〉에 아주 자세히 묘사되어 있다. 이 미완성 작품의 제목은, 자신이 그린 독특한 그림에 '꿈의 집'이라는 제목을 붙인 내 친구 벨티〔스위스의 화가이자 판화가 알베르트 벨티(Albert Welti, 1862-1912)〕를 기념하기 위해서 지은 것이다.

　이 집 안에는 여러 가지 재미있고 가치 있어 보이는 물건들이 있다. 이를테면, 오래되었지만 아름다운 타일로 장식된 난로와 가구들, 쇠 장식들, 종 모양의 유리 뚜껑이 붙은 우아한 프랑스풍 벽시계가 있었다. 그리고 녹색이 감도는 오래된 큰 거울이 있는데, 이 거울에 모습을 비추면 마치 선조들의 초상화처럼 보인다. 가을이 되면 밤마다 불을 피우던 대리석 난로도 있다.

1919년 봄…… 마침내…… 7년 가까이 살던 베른의 매혹적인 집을 떠나기로 했다. 루가노로 가서 소렌고에 몇 주 동안 머물며 살 집을 알아보았다. 그러던 차에 몬타뇰라에서 '카사 카무치'를 발견하고, 1919년 5월에 그 집으로 이사했다. 베른에서 쓰던 책상과 책들만 옮겨왔고 가구는 이 집에 원래 있던 것을 썼다. 내가 마지막으로 옮겨온 이 집에서 지금까지 12년을 살았는데, 처음 4년 동안은 1년 내내 거주했고, 그 뒤로는 따뜻한 계절에만 머문다.

이 아름답고 기이한 집은 내게 아주 중요한 의미가 있고, 내가 소유하거나 살던 집들 가운데 가장 독특하고 가장 멋지다. 물론 이 집에서 내 소유물은 하나도 없고, 단독주택이 아니라 방 네 개짜리 다가구 주택에서 세입자로 살았다. 나는 집주인도 아니고, 아이들과 일꾼들을 거느리거나 개를 데리고 다니면서 자기 정원을 돌보는 집안의 가장도 아니다. 그저 빈털터리가 된 문인일 뿐이다. 우유와 쌀과 마카로니로 근근이 끼니를 때우고, 닳아서 올이 풀린 낡은 양복을 입고, 가을에는 숲에서 밤을 주워다가 저녁식사로 대신하는 초라하고 어딘가 수상한 구석이 있는 이방인이다.

그렇게 나는 지난 12년 동안 카사 카무치에서 살았다.

이곳의 정원과 집은 나의 소설 《클링조어(Klingsor)》와 그 외 다른 작품들 속에 나온다. 나는 이 집을 수십 차례나 그리고 스케치하면서 복잡하게 뒤얽힌 집의 형태를 자세히 탐구했다. 특히 지난 마지막 두 해 동안은 집과 작별하기 위해 여름이면 발코니, 창문, 테라스를 여러 방향에서 스케치했고, 정원의 독특하고 아름다운 구석구석과 담장도 수없이 그렸다.

현관에서 시작되는 화려한 계단은 야외극장처럼 정원으로 이어졌다. 정원은 여러 테라스로 이루어져 있는데, 거기에는 계단, 경사, 외벽들이 좁은 협곡처럼 계속 이어졌다. 정원에는 남부 지방에서 자라는 갖가지 나무들이 화려하고 거대한 고목처럼 보란 듯이 서로 뒤엉긴 채 서 있고, 등나무와 덩굴들이 무성하게 자라고 있었다. 마을 쪽에서 바라보면 이 집은 나무들에 완전히 가려져 보이지 않았다. 하지만 골짜기에서 내려다보면, 고요한 숲 가장자리 너머로 계단과 작은 탑을 갖춘 집이 불쑥 솟아 있어, 마치 아이헨도르프[독일의 시인이자 소설가 요제프 폰 아이헨도르프(Joseph von Eichendorff, 1788-1857)]의 단편소설에 나오는 시골 성처럼 보였다.

지난 12년 동안 내 생활뿐만 아니라 이 집과 정원에도 많은 변화가 있었다. 아래쪽 정원에는 지금까지 내가 본 나무 중에서 가장 크고 훌륭한 모습으로 늙은 박태기나무가 있었는데, 어느 가을밤에 휘몰아친 폭풍에 쓰러지고 말았다. 그 나무는 해마다 5월 초순부터 6월까지 가지마다 풍성하게 꽃을 피웠고, 겨울이 되면 진한 자줏빛 꼬투리가 낯선 느낌을 주었다. 클링조어의 여름목련은 내 방 발코니 바로 앞에서 영혼처럼 하얗고 커다란 꽃잎들을 무성하게 피우고 거의 내 방에 닿을 정도로 가지를 뻗었다. 하지만 내가 집을 비운 사이 누군가 잘라버렸다.

　내가 고독 속에 계속 머물렀더라면, 다시 한번 인생의 동반자를 만나지 못했더라면, 결코 카사 카무치를 떠나지 않았을 것이다.

헤르만 헤세 산문집

정원 가꾸기의 즐거움

1판 1쇄 인쇄 2026년 1월 2일
1판 1쇄 발행 2026년 1월 20일
—

지은이 헤르만 헤세
옮긴이 배명자
—

펴낸이 백성빈
펴낸곳 반니출판
주소 서울 서초구 서초중앙로 69 806호
전화 02-6204-0491
전자우편 banni@banni.co.kr
출판등록 2025년 10월 13일 (제2025-000266호)
—

ISBN 979-11-996528-5-9 03850
—